ein Ullstein Buch

ÜBER DAS BUCH:

Auf einer Bahnreise lernt die Schriftstellerin P. einen jungen Mann kennen, der ebenfalls mit Literatur zu tun hat, jedoch weniger erfolgreich ist als sie. Auf der Rückreise sitzt ihr dieselbe Person gegenüber, aber diesmal als Frau. Jemand, der die Rollen wechselt! Daß ein solcher Wechsel möglich ist, fasziniert die Autorin. Der Zufall spielt ihr beides auf einmal zu – das Thema und die Hauptperson.
Mit der ihr eigenen Gründlichkeit begibt sich P. auf Fährtensuche. Es scheint ihr bedeutungsvoll, daß es sich bei jener ›Person‹ um das erste Kind handelt, das in Passau nach Ende des Krieges, am 8. Mai 1945, geboren wurde. Die auskunftwillige Mutter, damals eine Schauspielerin mit kleinem Talent, heute im Werbefernsehen beschäftigt, verwirrt mit ihren Berichten mehr, als daß sie enthüllt. Die Person ist als Zwilling geboren, das zumindest steht fest; sie besitzt zwei Geburtsurkunden ...
Die Schriftstellerin P. und der Leser haben es mit einem schönen jungen Geschöpf zu tun, das – frei von Lebens- und Berührungsangst – anziehend auf beide Geschlechter wirkt. ›Das eine sein, das andere lieben‹ könnte die Lösung des Konflikts zwischen den Geschlechtern, aber auch zwischen den Generationen heißen. Annäherung statt Feindschaft.
Die Schriftstellerin P. neigt dazu, sich in die von ihr erfundenen Personen zu verlieben, in diese schöne junge Person verliebt sie sich erst recht, nimmt sie als Mario mit auf eine Autoren-Reise ...

DIE AUTORIN:

Christine Brückner, 1921 in einem waldeckschen Pfarrhaus geboren. Abitur, fünf Jahre Kriegseinsatz, Studium. Häufiger Orts- und Berufswechsel. Halle/Saale, Marburg, Nürnberg, Stuttgart, Krefeld, Düsseldorf u. a. 1954 erhielt sie für ihren ersten Roman, *Ehe die Spuren verwehen*, den ersten Preis in einem Romanwettbewerb, seither ist sie eine haupt- und freiberufliche Schriftstellerin. Von 1980–1984 war sie Vizepräsidentin des deutschen PEN; 1982 wurde sie mit der Goethe-Plakette des Landes Hessen ausgezeichnet. 1985 stiftete sie zusammen mit O. H. Kühner den »Kasseler Literaturpreis für grotesken Humor«. Sie schreibt Romane, Erzählungen, Kommentare, Essays, Schauspiele, auch Jugend- und Bilderbücher.

Christine Brückner

Das eine sein, das andere lieben

Roman

ein Ullstein Buch

ein Ullstein Buch
Nr. 20379
im Verlag Ullstein GmbH,
Frankfurt/Main–Berlin

Ungekürzte Ausgabe

Umschlagentwurf:
Hansbernd Lindemann

Printed in Germany 1992
Druck und Verarbeitung:
Clausen & Bosse, Leck
ISBN 3 548 20379 5

8. Auflage Juni 1992

Von derselben Autorin
in der Reihe
der Ullstein Bücher:

Ehe die Spuren verwehen (22436)
Ein Frühling im Tessin (22557)
Die Zeit danach (22631)
Letztes Jahr auf Ischia (22734)
Die Zeit der Leoniden (Der Kokon)
(22887)
Wie Sommer und Winter (22826)
Das glückliche Buch der a. p. (22835)
Die Mädchen aus meiner Klasse
(22569)
Überlebensgeschichten (22463)
Jauche und Levkojen (20077)
Nirgendwo ist Poenichen (20181)
Erfahren und erwandert (20195,
zusammen mit Otto Heinrich Kühner)
Mein schwarzes Sofa (20500)
Lachen, um nicht zu weinen (20563)
Wenn du geredet hättest,
Desdemona (20623)
Die Quints (20951)
Hat der Mensch Wurzeln? (20979)
Deine Bilder – Meine Worte (22257,
zusammen mit Otto Heinrich Kühner)
Kleine Spiele für große Leute (22334)
Alexander der Kleine (22406)
Die letzte Strophe (22635)
Was ist schon ein Jahr (40029)

Die Deutsche Bibliothek –
CIP-Einheitsaufnahme

Brückner, Christine:
Das eine sein, das andere lieben:
Roman/Christine Brückner.
– Ungekürzte Ausg., 8. Aufl. –
Frankfurt/M; Berlin: Ullstein, 1992
(Ullstein-Buch; Nr. 30379:
ISBN 3-548-20379-5
NE: GT

Gingo biloba

Dieses Baums Blatt, der von Osten
Meinem Garten anvertraut,
Gibt geheimen Sinn zu kosten,
Wie's den Wissenden erbaut.

Ist es *ein* lebendig Wesen,
Das sich in sich selbst getrennt?
Sind es zwei, die sich erlesen,
Daß man sie als *eines* kennt?

Solche Frage zu erwidern
Fand ich wohl den rechten Sinn;
Fühlst du nicht an meinen Liedern,
Daß ich *eins* und doppelt bin?

(Goethe, »West-östlicher Diwan«)

1

Jedesmal wenn sie auf einem Bahnsteig den Ruf ›Zurückbleiben!‹ hörte und sich der Zug gleich darauf in Bewegung setzte, erschrak sie über die Unerbittlichkeit: Zurückbleiben! Der Befehl betraf sie dieses Mal nicht. Sie reiste allein.

Sie hatte gehofft, ein D-Zug-Abteil für sich allein zu haben, da sie sich für die Abendveranstaltung noch vorbereiten wollte. Unwillig über die Störung erwiderte sie daher den Gruß des Eintretenden flüchtig und ohne aufzublicken. Zunächst las sie die Feuilletonbeilagen der Wochenendausgaben, die sich bei ihr angesammelt hatten.

Nachdem der Mitreisende ihr zweimal die Zeitungen aufgehoben hatte, die ihr vom Schoß geglitten waren, sah sie ihn sich schließlich an, mußte dazu die Lesebrille abnehmen. Ein gutaussehender Mann von Anfang Dreißig, nachlässig, aber mit Eleganz gekleidet. Das frischgewaschene Haar trug er halblang; sobald es ihm ins Gesicht fiel, warf er es mit einer raschen Bewegung des Kopfes zurück. Keine Krawatte, statt dessen ein Halstuch, im Ton zu den Socken passend.

P. wandte sich wieder der Lektüre ihrer Zeitung zu. Draußen dämmerte es. – Sie kannte die Strecke, war sie zu allen Tages- und Jahreszeiten schon gefahren. Ein Blick durchs Fenster genügte, und sie wußte, wo man sich befand. Wenig Fahrgeräusche, die sich aber merklich änderten und lauter wurden, sobald der Zug über eine Brücke fuhr. P. nahm die Brille ab und sah zum Fenster hinaus. Ihr Gegenüber sagte: »Die Donau!«

Der Tonfall, in dem dies gesagt wurde, überraschte P. Es war hörbar Freude in der Stimme. Sie sah den Mitreisenden fragend an, und er erklärte in heiterem Selbstbewußtsein: »Mein Fluß!«

P. lachte.

Er lachte auch, aber wie er lachte! Das war kein dem Anlaß entsprechendes Lächeln, sondern ein Lachen mit weit geöffnetem Mund. P. sah zwei makellose Zahnreihen, sah rosiges Zahnfleisch. So lachten, nach ihren Erfahrungen, nur Sänger und Schauspieler mit Gesang- oder Sprechausbildung, deren Lachen in den letzten Sitzreihen ankommen soll. Nachdem sie ihn zunächst der Modebranche zugeordnet hatte, mutmaßte sie jetzt: Theater. Er lachte noch, als sie längst damit aufgehört hatte. Sie nahm ihre Bücher aus der Tasche, um mit der Vorbereitung des Autoren-Abends zu beginnen.

Es fiel ihr, besonders auf Reisen, oft etwas zu Boden; diesmal glitt ihr eines ihrer Bücher vom Knie. Ihr Gegenüber hob es auf, hatte dabei wohl einen Blick auf den Titel geworfen. P. spürte, daß er sie von nun an aufmerksam beobachtete, reagierte aber nicht darauf.

Wenig später vertiefte er sich ebenfalls in ein Buch, machte Striche an den Rand, brachte Ausrufungszeichen an, blätterte, schrieb ganze Sätze auf das Vorsatzpapier. Das störte sie als Bücherschreiberin; ein Buch blieb schließlich immer das Buch des Autors, auch wenn der Leser es käuflich erworben hatte.

Sie notierte sich einige Sätze, die sie zur Einführung sagen wollte (falls der Veranstalter es nicht seinerseits tun würde), blätterte unschlüssig in dem vor wenigen Tagen erst erschienenen Erzählungsband. Nach ihren Erfahrungen wollten die Zuhörer immer das Neueste hören, am liebsten etwas, das noch nicht im Druck erschienen war – was sie aber strikt ablehnte. Sie zog das Bewährte dem Unerprobten vor und entschied sich für eine Geschichte, die ihr zum ›Anwärmen‹ des Publikums geeignet erschien, aber gekürzt werden mußte. Sie brachte ein paar Striche an, war in ihren Text vertieft, vergaß, daß sie nicht allein war, murmelte die Sätze vor sich hin, probte die Betonung, den Auftritt. Und erschrak, als sich ihr Gegenüber einmischte: »Den Satz sollten Sie nicht streichen!«

Ein Grund, die Lesebrille wieder abzunehmen.

»Der Absatz vorher, der bringt nicht viel«, fügte er hinzu.

Er hielt das gleiche Buch in der Hand, eines der Vorausexemplare, die von den Verlagen an die Redaktionen geschickt werden, betrachtete das Foto auf der Rückseite, dann wieder P. und sagte: »Sie sollten dem Verlag ein neues Foto schicken! Wie jetzt, angeregt, überrascht, neugierig! Ein subjektives Foto! Nicht so ein objektives! So fotografiert man Teekannen, aber keine Frau!«

Noch immer war sie nicht zu einer Unterhaltung bereit, beließ es bei einem Lächeln, setzte die Brille wieder auf, was heißen sollte: Kein Wort weiter!, und so wurde es auch verstanden. Beide lasen in dem gleichen Buch weiter. Sobald ihr Gegenüber auflachte, versuchte sie zu erraten, welche Stelle seine Heiterkeit ausgelöst hatte. Dieses schöne offene Lachen, dem man schwer widerstehen konnte, das so selten zu sehen ist. Sobald ihr ein Mann gefiel, der wesentlich jünger war als sie, pflegte sie zu sich zu sagen: ›Marschallin, es wird Abend!‹, rief sich mit diesem Satz aus dem ›Rosenkavalier‹ zur Ordnung.

Es verging eine weitere Stunde, dann schob er das Buch in seine Mappe und fragte: »Gehen wir zusammen in den Speisewagen?«

Warum hätte sie nein sagen sollen?

Der Speisewagen war nur mäßig besetzt, die Lämpchen auf den Tischen leuchteten. Sie saßen sich wieder gegenüber, jetzt durch einen Tisch getrennt.

»Nehmen Sie bitte die Brille ab«, sagte er, machte im übrigen keine Anstalten, sich ihr vorzustellen, obwohl er wußte, wer sie war. Da P. ihn vermutlich nie wiedersehen würde, störte es sie nicht. Es entstand unter dieser Voraussetzung eine Atmosphäre der Ungezwungenheit. Sie vergaß ihre Abendveranstaltung; die Nervosität, die sonst unweigerlich einige Stunden vor Beginn einsetzte, kam nicht auf. Sie bestellte zwei Viertel ›Burgenländer‹, den er empfohlen hatte, und für jeden einen Imbiß. Mit dem Recht der Älteren und Erfolgreichen lud sie ihn ein, was er sich, ohne zu widersprechen, gefallen ließ.

Statt sich zu bedanken, sagte er: »Ich hatte damit gerechnet.«

Flüchtig stieg Unwille in ihr auf, als sie merkte, daß er sie auszunutzen gedachte. Andererseits gefiel ihr, daß es so unverblümt geschah.

»Kennen Sie jemanden bei –?«

Er nannte den Namen einer Wochenzeitung, nannte den Herausgeber der Zeitung. Sie mußte verneinen, was ihn jedoch nicht zu enttäuschen schien.

»Man sucht dort jemanden fürs Feuilleton. Halten Sie mich für ›aufgeschlossen gegenüber dem Leben im allgemeinen und der Kultur im besonderen‹? Meinen Sie, daß ich ›das richtige Gespür für das habe, was heute ankommt‹? ›Eigenwillig, aber fähig, im Team zu arbeiten‹? ›Lebens- und Schreiberfahrung erwünscht‹.«

Sie sah ihn sich gründlich an und faßte das Ergebnis in dem Satz zusammen: »Ich würde Sie einstellen!«

»Geben Sie mir das schriftlich?«

Warum hätte sie es ihm nicht schriftlich geben sollen? Es konnte ihm in keinem Falle schaden, möglicherweise nutzen, keiner würde sie zur Rechenschaft ziehen, Gerüchte wären immerhin möglich, im Sinne von ›Marschallin, es wird Abend‹, aber diese Vorstellung erheiterte sie, wie sie überhaupt während ihres Zusammenseins sehr heiter war. Sie schrieb zwei Sätze auf ihre Visitenkarte, reichte sie ihm und sagte, daß er hoffentlich außer dieser noch weitere Referenzen besäße.

»Referenzen!« sagte er im Tonfall von: Was nutzen Referenzen! »Auf mich selber wird es ankommen.«

»Aber Zeugnisse werden Sie doch vorlegen können?« fragte sie in gespielt lehrerhaftem Ton.

»Keine lückenlosen«, sagte er in ebenfalls gespieltem Bedauern. »Mein Leben weist erhebliche Lücken auf.«

Mehr sagte er über sein privates Leben nicht, und sie war keine von denen, die einen anderen ausfragten. Was jemand ihr freiwillig erzählte, hörte sie sich an, ermunterte aber niemanden dazu.

Im Lauf des Gesprächs machte P. den Vorschlag, daß er sich einen Bart stehen lassen solle, da ihr sein Gesicht zu weich erschiene. Schließlich wurde es höchste Zeit, ins Abteil zurückzukehren. Sie ließ sich vom Zahlkellner eine Quittung ausstellen und schob sie in ihre Brieftasche zu den übrigen Spesenbelegen.

Ihr Gegenüber beobachtete sie und sagte: »Sie müssen auf der Rückseite eintragen, mit wem Sie das Vergnügen hatten, diese Spesen zu machen!«, verschwieg aber weiterhin seinen Namen, und P. fragte auch jetzt nicht danach.

Sie war am Ziel. Er mußte noch einige Stationen weiter fahren. Bevor sie ausstieg, half er ihr in den Mantel und reichte ihr den Handkoffer. Sie wünschten sich gegenseitig guten Erfolg.

Am nächsten Tag fuhr P. mit dem Gegenzug zurück. In jedem Abteil der Ersten Klasse saß ein einzelner Reisender, auch in dem, das sie sich schließlich auswählte: eine junge Frau, die Zeitung las. Durch Zufall war sie in dasselbe Abteil wie am Vortag geraten; sie erkannte es an dem

Reklame-Foto, das über ihrem Sitz angebracht war. P. hatte die Frau flüchtig gegrüßt und richtete sich für die mehrstündige Fahrt ein. Da sie am Abend zuvor spät zu Bett gegangen war und die Diskussion, die sich der Lesung anschloß, heftiger verlaufen war als sonst, fühlte sie sich müde und abgespannt; sie schloß die Augen und schlief für kurze Zeit ein. Erst ein Wechsel im Fahrgeräusch ließ sie aufschrecken. Sie blickte aus dem Fenster. Sie fuhren über eine Brücke.

In diesem Augenblick sagte die junge Frau in einem Tonfall, den P. bereits kannte: »Die Donau!« Und gleich darauf: »Mein Fluß!«

Dasselbe, ihr bereits bekannte Lachen mit weit geöffnetem Mund!

Die Frau genoß P.s Verblüffung sichtlich, machte sich einen Spaß daraus, warf das Haar diesmal nicht zurück, sondern strich es mit der Hand aus dem Gesicht, wie Frauen es zu tun pflegen. Es bestand kein Zweifel: Diesmal saß ihr eine junge Frau gegenüber, obwohl sie sich in der Kleidung auf den ersten Blick nicht von einem Mann unterschied. Erst bei näherem Betrachten sah P., daß das Herrenhemd von gestern heute eine Hemdbluse war; die Absätze an den Stiefeln schienen höher zu sein, obwohl ja auch Männer, der Mode entsprechend, heute höhere Absätze tragen. Allerdings mehrere Halsketten. Eine Handtasche lag neben ihr. Aber Männer tragen neuerdings ja ebenfalls Handtaschen.

Die Frau griff sich ans Kinn, als wollte sie P. an etwas erinnern. Es fiel ihr ein: Am Tag zuvor hatte sie ihr, beziehungsweise ihm, im Speisewagen den Vorschlag gemacht, einen Bart zu tragen, weil ihr das Gesicht zu weich erschienen war. Jetzt erschienen ihr dieselben Züge eher zu kräftig für eine junge Frau.

P.s Müdigkeit war größer als ihre Neugierde. Sie schloß wieder die Augen. Aber der Schlaf wollte nicht zurückkehren. Sie griff zu Brille und Zeitung, wobei ihr die Kollegmappe vom Sitz glitt. Sie wurde nicht aufgehoben, ihr nicht zugereicht. P. bückte sich. Während sie die Brille aufsetzte, registrierte ihr flüchtiger Blick: Reißverschlüsse, neutrale Reißverschlüsse; es wurde weder von rechts nach links noch von links nach rechts geknöpft. Ein Reißverschluß an der Bluse, die sie gestern für ein Oberhemd gehalten hatte, ein Reißverschluß an den Cordhosen, die im übrigen nicht so eng saßen, daß sich ein Geschlechtsmerkmal hätte abzeichnen können. Geschlechtslose Reißverschlüsse.

Um sich zu vergewissern, daß ihr Gedächtnis sie nicht täuschte – warum sollte nicht auch ein anderer die Donau freudig begrüßen? –, fragte P.: »Nun?« Eine geeignetere Frage fiel ihr nicht ein.

Die Frau wiederholte im gleichen Tonfall: »Nun?«, lachte wieder, und P. zweifelte keinen Augenblick daran, daß dies ein weibliches Lachen war, solidarisch, fast schwesterlich. Für eine Sekunde dachte sie sogar: eine Lesbierin. Auch als Frau war ihr diese Person sympathisch.

»Was ist aus Ihrer Bewerbung geworden?« fragte P.

»Man hat sich für eine Frau entschieden, für eine andere Frau«, fügte sie dann hinzu und fuhr ungefragt fort: »Vor kurzem hatte ich mich bei einer Frauenzeitschrift beworben, aber dort suchte man eine männliche Kraft. Frauen fehle die Dynamik, hieß es. Frauen eigneten sich weniger für Team-Arbeit. Bei Frauen gebe es zu viele Ausfälle. Sie bekämen immer noch zu leicht Kinder.«

P. versuchte, ihren Worten zu folgen. »Und da haben Sie sich also gestern als Mann beworben?« fragte sie.

»Ja. Und ausgerechnet diesmal hatte man vor, aus Gründen der Parität, eine Frau einzustellen. Um das weibliche Element nicht zu kurz kommen zu lassen, im Bewußtsein, daß ein großer Teil der Leserschaft...«

P. wollte etwas einwerfen, kam aber nur bis zu einem »Aber –«.

»Nun ja«, sagte die Person.

»Und jetzt?«

»Ich werde noch ein wenig als Bewerber oder Bewerberin reisen müssen. Das ist übrigens ein einträglicher Job: Bewerber! Die Spesen sind nicht schlecht. Diesmal war ich meiner Sache eigentlich sicher. Ich hatte bereits gekündigt.«

»War das nicht leichtsinnig?«

»Aber ja!« Die Antwort klang nicht besorgt, eher belustigt.

»Und warum haben Sie vorzeitig und so unbesonnen gekündigt?«

P. zeigte, während sie das sagte, auf die neueste Ausgabe der Zeitung, die sie in der Hand hielt.

»Der Chef brauchte jemanden, der ihm mehr war als nur ein Mitarbeiter. Mein Vertrag ist gelöst, zur Diskretion bin ich nicht mehr verpflichtet.«

»Fürs Bett?« fragte P. sachlich und gab sich Mühe, so freimütig über diese Dinge zu sprechen, wie das unter jungen Leuten üblich ist.

»Sie können sich seine Überraschung vorstellen!«

Vorerst war es P., die überrascht und sichtlich verwirrt war. Sie unterdrückte die törichte Frage, ob die Mitreisende vielleicht ein Zwilling sei. Noch während sie es dachte, fiel ihr ein, daß eineiige Zwillinge das gleiche Geschlecht und zweieiige nicht mehr Ähnlichkeit miteinander haben als andere Geschwister auch. Sie schloß ihre Gedanken mit ›Was geht es dich an‹ ab und blickte aus dem Fenster.

Es dämmerte. P. liebte diese Stunden. Dieses Ineinander von Tag und Nacht, wie sie überhaupt die Übergänge liebte, die Übergänge der Jahreszeiten, Vorfrühling, Spätherbst, aber auch die Waldränder, die Meeresküsten, halb Land, halb Wasser. Es fielen ihr einige Formulierungen ein, die sie sich notierte.

Das gleichmäßige Fahrgeräusch, das P. zunächst eingeschläfert hatte, setzte ihre Gedanken in Bewegung. Eine Erinnerung stieg in ihr auf. Der erste Paris-Aufenthalt, sie studierte noch. Sie hatte mit einigen anderen Studenten vor dem Café ›Deux Magots‹ gesessen und darauf gewartet, Sartre zu sehen; sie beobachteten, wer in das Café hineinging und wer herauskam, beobachteten aber auch die Vorübergehenden und entdeckten dabei ein hinreißend schönes junges Geschöpf, ein Mischling, ein Halbblut mit kurzen dunklen Locken. Die junge Person trug Hosen, ging mit weichen Schritten, wie Barfüßige gehen. Sie waren sicher: ein junger Mann. Als die Person ein zweites Mal vorüberkam, waren sie ebenso sicher: ein Mädchen. Es blieb unentschieden. Sie waren weggegangen, ohne Sartre gesehen zu haben. P. hatte jene Person, die in zweifacher Hinsicht ein Mischling war, vergessen, bis sie jetzt aus ihrem Gedächtnis wieder aufstieg, mit ihrem ganzen Zauber, für den sie aber damals, unwesentlich älter als dieses Geschöpf im Zwitteralter, weniger empfänglich gewesen war als heute. Bei ihrem Gegenüber handelte es sich um einen Erwachsenen in einem Alter, wo bei anderen längst entschieden ist: eine Frau, die ihre Frauenrolle übernommen hat, oder ein Mann, der seine Männerrolle übernommen hat.

P. blickte auf die Uhr und sagte: »Ich werde jetzt im Speisewagen essen, darf ich Sie einladen?«

»Gern«, sagte die Person. »Ich werde in der nächsten Zeit wohl auf Einladungen angewiesen sein.«

Nach dem Aperitif entschloß P. sich dann doch, eine persönliche Frage zu stellen.

»Halten Sie mich bitte nicht für neugierig ...«

Sie wurde sogleich unterbrochen. »Sie leben von Ihrer Neugier, nehme ich an, und nicht zu knapp, wie mir scheint. Man sieht Ihren Namen auf den Bestseller-Listen.«

»Dafür kann ein Autor nichts.«

»Sie müssen sich nicht entschuldigen!«

»Ein Leser kann sich sein Buch aussuchen, ein Buch kann sich seinen Leser nicht aussuchen.«

Eine Floskel, die sie gelegentlich verwendete, wenn das Wort ›Erfolgsautor‹ fiel. Ihr Gegenüber kannte sie bereits, worüber P. sich ärgerte, noch mehr ärgerte sie sich über die eigene Empfindlichkeit.

P. setzte aufs neue zu ihrer Frage an. Bevor sie sie formulieren konnte, kam schon die Gegenfrage.

»Ist die Kenntnis der Zugehörigkeit zu dem einen oder dem anderen Geschlecht für Sie von Bedeutung?«

Sowohl der Tonfall wie auch der Ausdruck des Gesichts ließen P. erröten. Ungezogen, dachte sie, aber nur für den Bruchteil einer Sekunde, dann mußte sie lachen und beließ es, ohne weitere Stellungnahme, beim Lachen.

Männlich – weiblich, das konnte allenfalls den jeweiligen Partner interessieren, und auch diesen weniger, als man dem Publikum einzureden versuchte.

»Dieser ganze Sex...« sagte sie, verlor aber im selben Augenblick die Lust, mit einer wildfremden Person über Sexualität zu sprechen, und brach mitten im Satz ab, wollte dann aber doch ihre Vermutung bestätigt wissen.

»Sie wechseln demnach?«

»Ich wundere mich, daß andere es aushalten, immer nur ein Mann zu sein. Oder noch schlimmer: immer nur eine Frau! Was für eine Einschränkung der Lebensmöglichkeiten und der Lebenserfahrungen!«

Von dieser Seite hatte P. das Problem noch nie gesehen, aber es überzeugte sie sofort, machte ihr sogar Spaß. Zunächst überlegte sie natürlich, ob ein Wechsel überhaupt durchführbar war.

»Sie müssen doch einen Paß haben!«

»Darin wird nicht nach dem Geschlecht gefragt, wußten Sie das nicht? Ich kann jederzeit sogar die Neugier eines Polizeipräsidenten befriedigen.«

Die Person holte mit sicherem, wie es schien weiblichem, Griff den Reisepaß aus ihrer Handtasche und reichte ihn P. Sie las: ›Der Inhaber dieses Passes ist Deutscher.‹ Sie las ›Marion Amend‹, erinnerte sich, daß sie den Namen Mario Amend – der Vorname also ohne ›n‹ – schon einmal unter einer Rezension gelesen hatte, und fragte, ob sie unter männlichem Pseudonym schreibe.

»Das wechselt«, antwortete sie.

»Amend, wie betonen Sie das, auf der ersten oder auf der letzten Silbe?« fragte P. weiter.

»Sie meinen: ›Am Ende‹ oder ›Amen‹?«

»Ja.«

»Das kommt auf dasselbe hinaus!«

P. betrachtete das Paßbild. Die Haare waren darauf länger, als sie es jetzt waren. Die Unterschrift war großzügig, weiträumig, sagte ihr nichts; von Graphologie verstand sie bis zu dieser Begegnung nichts.

Es kam P. wohl schon in diesem Augenblick ins Bewußtsein, daß sie jemandem gegenübersaß, der am 8. Mai 1945 geboren war, dem Tag, an dem der Krieg zu Ende ging. Sie war, zumindest nicht bewußt, noch nie jemandem mit diesem Geburtsdatum begegnet. Der Geburtsort, der sie natürlich ebenfalls interessiert hätte, war im Paß nicht angegeben.

Der Bazillus, der die Infektion auslösen würde, war bereits spürbar. Es handelte sich nur noch um eine kurze Inkubationszeit, in der sie aber alles bereits voraussah, alle Schwierigkeiten, alle Mühe, alles Vergnügen. Sie hatte ihr Thema gefunden, hatte sogar die Hauptperson, an der sie es abhandeln konnte, vor Augen. Ihr Gegenüber hätte diesen Klick-Laut, dieses Einrasten eines Satzes, hören müssen. Sie saß wieder einmal fest, war auf den Leim gegangen, hatte ihr Opfer gefunden, aber in Wahrheit war sie selbst das Opfer, das sich nun auf die Suche machen mußte. Fährtensuche.

Schon an dieser Stelle muß ganz deutlich gesagt werden, daß es sich hier nicht um ein Monstrum handelte, nichts für den Jahrmarkt. Undeutlichkeiten und Mißverständnisse waren vorauszusehen, aber: kein zoologischer Zwitter! Ein wenn auch vielleicht fragwürdiger Vergleich mit der Pflanzenwelt bot sich an: ›monoklin‹. ›Diese Person ist monoklin.‹ Das Wort gefiel P. Sie gewöhnte sich an, ›diese Person‹ zu denken, ›diese monokline Person‹ und schon bald ›meine Person‹.

Monoklin, das war das eine. Das andere Eigenschaftswort, das ihr jedesmal einfiel, wenn sie diese Person sah – und sie sah sie später noch oft –, war: entwaffnend. Sie wirkte entwaffnend, ein Mensch ohne Aggressionen, was P. zwar nicht unmittelbar, aber doch mittelbar mit ›monoklin‹ zusammenzuhängen schien. Sie gestand sich ein, daß sie sich in diese Person verliebt hatte, immer war sie in ihre Personen verliebt gewesen, selbst dann noch, wenn sie später den Lesern unsympathisch waren: immer besaßen sie die Zuneigung ihrer Erfinderin. Sie versuchte, das Gespräch wieder in Gang zu bringen. »Ich frage mich nur ...«

Die Person unterbrach sie erneut.

»Fragen Sie doch lieber mich!«

Mit solchen Einwürfen entwaffnete sie den Angreifer. P. kam sich umständlich vor, weitschweifig. Der aufsteigende Ärger verflog aber rasch, er richtete sich immer nur gegen sie selbst, nicht gegen die Person. Über diese ›Monokline‹ hat sie sich auch später, als sie zusammen reisten, nie geärgert. Sie besaß, was ihr selbst fehlte: Leichtigkeit.

Ohne weitere Umschweife stellte P. fest: »Sie haben schauspielerisches Talent.«

»Von meiner Mutter, sie soll Schauspielerin gewesen sein.«

»Soll gewesen sein! Das müßte sich doch feststellen lassen«, sagte P.

»Nein! Sie hat sich von mir getrennt. Frühzeitig.«

»Und Ihr Vater?«

»Falls es einen gegeben haben sollte – ein unbekannter Faktor.«

»Haben Sie sich nie für Ihre Herkunft interessiert?«

»Nein«, sagte die Person, als wäre ihre Abstammung ebenso unwichtig wie das Geschlecht. Aber was war dann überhaupt noch wichtig?

P. stellte die Frage nach der Wichtigkeit vorerst nicht, gab sich den Anschein, als hätte sie zu arbeiten, nahm ein Manuskript aus der Tasche und machte sich einige Notizen, die bereits die Person betrafen. ›Donau‹ schrieb sie, ›8. Mai 1945‹, ›Reißverschluß‹, ›entwaffnend‹ und natürlich auch ›monoklin‹. Erste Reizworte für die Phantasie.

P. stellte fest, daß ihr Gegenüber ebenfalls zu schreiben begonnen hatte. Hin und wieder begegneten sich die Blicke. Auch die Person beobachtete P. zunächst unauffällig, fing dann aber deren Blick ein. Mit jenem offenen Lachen, das für den Anlaß wieder zu groß angesetzt war – ein Lächeln hätte genügt –, sagte sie: »Wer schreibt über wen? Ich über Sie? Sie über mich?«

An diese Möglichkeit hatte P. bisher nicht gedacht. Stoff genug hatte sie geboten. Sie sah bereits die Überschriften vor sich: ›Eine Reise mit ...‹ oder ›Ihre erste Frage galt dem Sex‹. P.s flüchtiges Unbehagen wurde durch die Heiterkeit der Person schnell besiegt, ihre Leichtigkeit sprang über.

»Wollen wir knobeln?« fragte sie.

»Wie macht man das?« fragte P. zurück.

»Schere oder Stein?«

Die Frage kam so rasch, daß P. genauso schnell und unbewußt reagierte und die Hand zur Faust ballte. Ihr Gegenüber hatte Zeige- und Mittelfinger zur Schere gespreizt. P. sah sich die Hand an, sie war kräftig und schön geformt.

»Stein schleift Schere. Sie sind dran!«

P. blickte überrascht auf ihre geballte Hand, die demnach einen Stein darstellen sollte. Sie war sich nicht bewußt, daß sie dazu neigte, eine Faust zu machen. Der Augenblick der Zeugung eines Romans? Einer Erzählung? ›Stein schleift Schere.‹ Wäre das ein Titel? Schon gingen ihre Gedanken in eine bestimmte Richtung. Ihr Blick lag noch immer mit Interesse auf der fremden gespreizten Hand. Die Finger eines Menschen erschienen ihr immer wie seine Wurzeln; in ihnen saß das Fingerspitzengefühl. Die Person hielt die Hand nach oben gestreckt, Luftwurzeln also, dachte P. Die meisten Menschen hielten die Hände nach unten gerichtet, wurzelten tiefer. P. hatte eine spitz geformte Hand vor Augen. Anpassungsfähigkeit also, Unverbindlichkeit, Schönheitssinn, Haltlosigkeit. Ungenaue Deutungen, die ihr durch den Kopf gingen. Lange, kräftige Finger, die bogenförmig angesetzt waren, was – wie die Chiromanten behaupten – als Zeichen für Harmonie zwischen Geist und Triebnatur anzusehen ist. Einzelheiten der Chiromantie hatten P. allerdings nie interessiert, eine Hilfswissenschaft, mit der sie sich nie näher befaßt hatte. Die Chinesen nannten die Finger den Drachen, die Handflächen den Tiger. Wer fraß wen? Der Drache den Tiger vermutlich. So ging es ihr oft, sie vergaß die Bedeutung. Menschen mit großen Händen galten als vorsichtig, zögernd, keinesfalls zupakkend, wie man als Laie annehmen mochte. In diesem Falle war der Handrumpf im Vergleich zu den Fingern klein geraten.

So weit war sie mit ihren, wie sie annahm, unauffälligen Beobachtungen gekommen, als die Person lachend beide Hände, zur Schale geöffnet, auf den Tisch legte. Erwartungsvolle Hände, bereit aufzunehmen.

»Eben haben Sie ausgesehen wie eine Zigeunerin!« sagte sie.

P. erzählte beiläufig, daß sie als Kind davon überzeugt gewesen sei, von Zigeunern abzustammen; die Dorfkinder, die fast ausnahmslos blond waren, hätten ›Zigeuner‹ hinter ihr hergerufen, und sie sei zitternd mit dem Fahrrad an den Zigeunerwagen vorbeigefahren, die im Sommer wochenlang auf einer Waldlichtung standen. Ihre Geschichte wurde wieder unterbrochen.

»Sie haben doch gehofft, daß die Zigeuner Sie mitnehmen würden?«

»Fürchten und Hoffen, das liegt nahe beieinander.«

»Eine Ihrer Sentenzen?«

Wieder machte der Charme, mit dem die Frage gestellt wurde, P.s aufsteigenden Ärger zunichte.

»Warum schreiben Sie nicht?« erkundigte P. sich.

»Ich habe keine Phantasie! Ich schreibe immer nur ›über‹ etwas, über etwas Vorhandenes. Über ein Buch, eine Ausstellung.«

Damals glaubte P. ihr das nicht, hielt sie für ein phantasievolles, ja phantastisches Geschöpf, erkannte nicht, daß diese Person ihre Phantasie zum Leben brauchte und verbrauchte, ein phantastisches Leben führte. Wie hätte sie da schreiben sollen? Leben oder Schreiben, dieses Problem, an dem sich jeder stößt, der schreibt; immer betrügt er das eine mit dem anderen. P. hatte sich für das ›andere‹ entschieden und diese Entscheidung nur selten bereut; gegenüber dieser Person hat sie es später mehrfach bereut.

Der Zug hielt kurz auf einer Station. Aus dem Lautsprecher ertönte der Befehl: ›Zurückbleiben!‹

»In Österreich setzt man ›bitte‹ hinzu. ›Zurückbleiben bitte!‹«, sagte die Person.

Sie mußte P.s Gedanken erraten haben. Ihr Einfühlungsvermögen schien ungewöhnlich stark zu sein.

Zu Hause vergewisserte P. sich im Lexikon über den Begriff

›monoklin‹: ›Zweigeschlechtlich, zwittrig, hermaphroditisch heißen Pflanzen- und Tierarten, bei denen einem jeden Einzelwesen beide Geschlechter eignen... Die zweigeschlechtigen Pflanzenarten sind sehr häufig. Ihre Blüte heißt monoklin, wenn sie jeweils beide Geschlechter enthält...‹

2

P. fing ihre Nachforschungen damit an, daß sie einen Bekannten, der sich mit Astrologie beschäftigte, telefonisch bat, ihrem Helden ein Horoskop zu stellen. Nie hätte sie zugelassen, daß man ihr selber ein Horoskop stellte, aber in diesem geheimnisvollen Fall versprach sie sich davon einige Aufhellung.

»Was müssen Sie alles wissen?« fragte P. »Das Geburtsdatum ist der 8. Mai 1945.«

Natürlich reichte diese Angabe nicht aus.

»Ich muß beispielsweise den Meridian wissen.«

»Die Donau«, sagte P.

»Die Donau ist höchstens als Breitengrad zu nutzen. Was ich brauche, ist der genaue Ort, die Geburtsstunde und das Geschlecht.«

Als P. einige Tage später die beiden ersten Angaben besorgt hatte und telefonisch durchgab, sagte ihr Bekannter: »Sie haben mir immer noch nicht das Geschlecht genannt.«

»Ich kenne das Geschlecht nicht«, antwortete P. wahrheitsgemäß.

»Das gibt es doch nicht«, rief er in die Telefonmuschel. »Sie sind eine Phantastin!«

»Geht es nicht ohne Geschlechtsangabe?« fragte P.

»Wir werden sehen«, sagte er.

Dann hörte P. lange Zeit nichts von ihm, hatte aber mittlerweile Verbindung zu der Mutter der Person aufgenommen, auf deren ungenauen Mitteilungen die Geschichte der monoklinen Person zu weiten Teilen beruhen würde. Viele ihrer Äußerungen ließen sich nicht nachprüfen, aber wo es möglich war, ging sie ihnen nach, unternahm auch einige Reisen, lernte Menschen kennen, die ihrerseits die Person kannten oder gekannt hatten.

Die überraschende Bereitwilligkeit, mit der die Gewährsleute ihr Auskünfte erteilten, war nur dadurch zu erklären, daß sie hofften, in dem geplanten Buch einen gewissen Grad von Fortdauer zu erreichen, der Ausdruck ›verewigt‹ fiel mehrfach. Die meisten Befragten wollten auch nicht nur als Auskunftspersonen dienen, sondern verfolgten dabei gewisse Nebenabsichten. Da war Schaaf, ehemaliger Leiter einer Schauspieltruppe, der verlangte, daß P. auf die Lage der alten Schauspieler aufmerksam machen solle; da war der beinamputierte ehemalige Küster aus Passau, der erwartete, daß P. ›ganz allgemein‹ über die Zustände in Altenpflegeheimen schriebe. Selbst die Ordensschwester aus dem ›Klösterchen‹ hoffte wohl, daß sie über das ›Klosterleben heute‹ berichtete; warum sonst hätte sie ihr dargelegt, daß es in den Klöstern keine Gitter mehr gebe und daß kein Weihrauchduft mehr wehe. P.s Bezugspersonen, soweit es sich um Zeugen aus der Kindheit der Person handelte, waren in der Regel schon sehr alt und nicht mehr ganz verläßlich. Doch gerade die Kindheit schien ihr besonders wichtig zu sein, weil dort die Wurzeln für das ›Monokline‹, wie P. es nannte, stecken mußten.

Es hatte geraume Zeit gedauert, bis P. die Mutter der Person ausfindig machen konnte; durch Heirat hatte sich ihr Name geändert. Eines Tages saß P. dann aber dieser Frau Zilla Blum gegenüber.

Die erste Überraschung war, daß P. das Gefühl hatte: Ich kenne sie, irgendwoher kenne ich sie; erst kürzlich muß ich dieses eher nichtssagende Gesicht aus der Nähe gesehen haben, selbst das kleingeblümte Kleid kommt mir bekannt vor. Aber woher? Die Frau erinnerte sie jedoch nicht an ihre monokline Person, was immerhin möglich gewesen wäre. Die Ähnlichkeit war geringfügig. Frau Blum ihrerseits gab kein Zeichen des Erkennens. P. blickte sich unauffällig in der Wohnung um, sah viel Kleingeblümtes; Vorhänge, Teppiche, Sesselbezüge, alles kleingeblümt, unaufgeräumt. Sie hatten ausgemacht, daß P.s Besuch eine Stunde dauern sollte. Sie mußte diese Zeitspanne nutzen.

Frau Blum erwies sich als eine gesprächige Frau, die gern zu Auskünften bereit war, allerdings unter dem Siegel der Verschwiegenheit. Diesen Ausdruck benutzte sie mehrfach.

»Ich erzähle Ihnen das nur unter dem Siegel der Verschwiegenheit, mein Mann ahnt von meinem Vorleben nichts. Er darf davon nichts wissen.«

Eine der ersten Fragen lautete selbstverständlich: »Interessiert es Sie, was aus Ihrem Kind geworden ist?«

Frau Blum zögerte einige Sekunden und sagte dann, weder abwehrend noch erschrocken: »Nein.« (Dasselbe Zögern war später bei der Person zu beobachten, als P. ihr dieselbe Frage stellte: »Interessiert es Sie, was aus Ihrer Mutter geworden ist?« Ein aufrichtiges, klares »Nein« nach kurzem Nachdenken.) Zumindest in ihrer gegenseitigen Interesselosigkeit glichen sie einander.

Frau Blum goß Kaffee nach, lächelte P. aufmunternd zu und nannte sogar die Kaffeesorte. Sie behandelte die ihr fremde Schriftstellerin wie eine langjährige Bekannte. Kaum hatte P. ihre zweite Frage gestellt und das bedeutungsvolle Datum der Geburt genannt, sagte sie auch schon: »Alle Glocken haben geläutet!« Eine schöne, aber unwahrscheinliche Auskunft.

P. wandte ein, daß die Kirchenglocken im Laufe der letzten Kriegsjahre eingeschmolzen worden seien. Frau Blum ließ diesen Einwand nicht gelten und bestand darauf:

»Alle Glocken haben geläutet.« Sie sprach dann abwechselnd von ›dem Kindchen‹, ›dem Kleinen‹, später dann von ›dem Kerlchen‹. Irgendwann stellte P. die wichtigste Frage, die nach dem Geschlecht des Kindes. »War es ein Junge oder ein Mädchen?«

»Ist das denn so wichtig? Es war ja noch ein Kind!«

»Für die meisten Menschen ist das wichtig«, sagte P., aber Frau Blum reagierte nur mit einer wegwischenden Handbewegung. Auch dieses Mal ging P. auf das Spiel ein und beließ es bei: ›das Kindchen‹.

Einige Kenntnisse besaß sie bereits, da ihr die Person vorher schon bereitwillig eine Geburtsurkunde gezeigt hatte, ein vielfach geknicktes, eingerissenes, auch vergilbtes Dokument, das das Elend jener Nachkriegsjahre dokumentierte. Tag, Stunde und Ort, Name der Eltern; aber da gab es dann bereits eine Lücke, die mit dem Vermerk ›Vater unbekannt‹ unbefriedigend ausgefüllt war. Wem unbekannt? Den Behörden? Dem Neugeborenen? Der Mutter? Eine Vergewaltigung wäre – P. hatte inzwischen nachgerechnet – im Spätsommer 1944 immerhin denkbar gewesen. P. zog in Erwägung, daß der Vater des Kindes verheiratet und zur Wehrmacht eingezogen gewesen sein konnte – eine flüchtige Liebschaft im Krieg –, hielt sich aber zunächst mit ihren Mutmaßungen zurück und beschloß, der Sache nur behutsam auf den Grund zu gehen. Sie stellte als nächste Frage nicht die nach dem Vater, sondern die nach dem Ort.

»Woher stammt das Kind?«

»Aus Böhmen«, antwortete Frau Blum. Unter Mißachtung aller Staatsgrenzen sprach sie im Verlauf der Unterhaltung das eine Mal von ›Österreich‹, dann wieder von ›Böhmen‹, sagte zwischendurch auch ›Bayern‹; nur das Wort ›Tschechoslowakei‹ fiel nicht, und schon gar nicht die zu jener Zeit zutreffende Bezeichnung ›Protektorat Böhmen-Mähren‹, für wenige Jahre Teil des Großdeutschen Reiches.

»Und wo genau?« fragte P.
»Ein Badeort«, sagte Frau Blum.
»Karlsbad?«
»Ja bestimmt, Karlsbad.«
»Oder Marienbad?«
»Richtig, Marienbad! Ich erinnere mich genau!«

P. reiste zur Überprüfung dieser ungenauen Angaben nicht in die Tschechoslowakei, was sie im nachhinein bedauerte. Sie kannte jene in ihrer Vorstellung altmodischen Badeorte nicht und mußte sich auf das Studium von Büchern und Prospekten beschränken. Zusammen mit den Angaben, die Frau Blum immer wieder mit ›bestimmt‹ und ›ich erinnere mich genau‹ bekräftigte, aber auch verwirrte, hat sie sich dann doch ein Bild machen können, von dem sie annahm, daß es der Wahrheit nahe kam. Frau Blum besaß ein schwach entwickeltes Erinnerungsvermögen, worunter sie jedoch nicht litt; im Gegenteil, sie wähnte sich im Besitz eines guten Gedächtnisses. Durch gezieltes Nachfragen, etwa, ob sie in Moorwasser oder in schwefelhaltigem Wasser gebadet habe, fand P. schließlich heraus, daß es sich um Franzensbad, den kleinsten der Badeorte, gehandelt haben mußte, heute wieder Františkovy Lázně, ein Moorbad, das auf junge Frauen wie Champagner gewirkt haben soll. Berauscht sollen sie die Badehäuser verlassen haben! Ein kleiner Badebetrieb schien dort bis gegen Kriegsende noch bestanden zu haben. Die junge Zilla, die damals noch Amend hieß, wird das Bad ebenfalls verschönt und erheitert verlassen haben; verjüngt mußte sie nicht werden, sie war damals erst Anfang Zwanzig. Bei dieser Gelegenheit erfuhr P. ihr Alter; sie sah nun Zilla Blum, geborene Amend, mit verstärktem Interesse an: Sie waren gleichaltrig. Zumindest dem Alter nach hätte die Person, deren Mutter sie gegenübersaß, ihr Kind sein können. Für kurze Zeit änderte das ihre Einstellung zu ihr.

Frau Blum sprach mehrmals von einem Fluß. P. erkundigte sich, ob es sich um die Eger gehandelt haben könnte.

»Bestimmt. Die Eger. Ich bin ganz sicher!«

Sie erzählte von kleinen Birkenwäldern, von runden Bergkuppen, die man in der Ferne habe sehen können.

»Erzgebirge oder Fichtelgebirge?« fragte P.

»Bestimmt. Ich bin ganz sicher«, antwortete Frau Blum.

Marienbad, Karlsbad, Franzensbad. Man greift zu Goethe, auch P. tat das. Goethe, der diese Gegend den ›böhmischen Zauberkreis‹ nennt. Auf dem Weg nach Karlsbad oder Marienbad, wo man sich zu seiner Zeit von Verstopfung, Schwermut, Hypochondrien und Fettleibigkeit kurieren ließ – eine Verkettung von Krankheiten, die jeden Leser bedenklich stimmen muß, nicht nur im Hinblick auf den berühmten Kurgast –, hat der sechzigjährige Goethe in Franzensbad Station gemacht; es gab dort jemanden, der in seinem Reisetagebuch ›S‹ genannt wird, ein Wesen, ›das an seinen (Goethes) Hals flog und rot und glühend wie die schönste Rose neben ihm saß‹.

Genaue Angaben im Vergleich zu dem, was P. bisher in Erfahrung gebracht hatte.

Zunächst einmal überreichte Frau Blum ihr eine Fotografie, auf der sie selber dargestellt war und die P. für einige Zeit behalten durfte: ein junges Mädchen, genauer: eine junge Schauspielerin in einer Hosenrolle. ›Die Laune des Verliebten‹, behauptete Frau Blum. ›Ich bin ganz sicher!‹ Auch diese Angabe hielt dann einer Überprüfung nicht stand. Aber ein hübsches junges Wesen, schmal in den Hüften, die Brüste schwach entwickelt.

Diese Zilla Amend gehörte Ende des Krieges einer kleinen Schauspieltruppe an, die in Franzensbad zur Wehrmachtbetreuung eingesetzt war; die meisten Mitglieder der Truppe nahmen die Gelegenheit, längere Zeit an einem Badeort stationiert zu sein, wahr und nutzten die Bäder.

Keine Franzensbader Elegie aus dem Spätsommer 1944! Die Begebenheit blieb trotz der Gründlichkeit, mit der P. ihre Nachforschungen betrieb, eine Legende, die sie aber so gut wie möglich abzusichern gedachte, ohne ihren Zauber zu gefährden.

Ein Stahlbad; eisenhaltiges, kräftigendes Mineralwasser; kaum eine chronische Krankheit, die das Franzensbader Wasser nicht zu heilen vermochte – das behauptete zumindest der große Arzt Hufeland. Welche Wirkung wurde da auf eine junge und gesunde Frau ausgeübt? Die reichen und eleganten Damen, die in Friedenszeiten nach Franzensbad fuhren, werden in den letzten Kriegsjahren ausgeblieben sein, auch die renommierten Sanatorien scheinen durchweg von verwundeten deutschen Soldaten belegt gewesen zu sein. Ein Frauenbad. Das gelegentliche Baden in einem der Badehäuser hat die junge Zilla möglicherweise besonders empfänglich gemacht. Mehr war zu diesem Punkt zunächst nicht zu sagen. Da die kleine Theatertruppe, der sie angehörte, nicht über junge männliche Schauspieler verfügte – diese waren sämtlich zur Wehrmacht eingezogen –, bekam sie oft Hosenrollen zugeteilt. Frau Blum nannte einige ihrer Rollen. Der Leiter der Theatertruppe hat wohl versucht, zunächst auch klassische Stücke zu spielen, aber er konnte sein Publikum damit nicht befriedigen. Er schien sich als Beschützer der jungen Zilla Amend gefühlt zu haben. Sobald sich eine Beziehung zwischen ihr und einem der Schauspieler oder auch einem der Soldaten aus dem Publikum anbahnte, gab er zu verstehen: Hände weg von Zilla! Sein Diktat wurde von den Kollegen respektiert, es konnte ihr nichts geschehen. Was sie vermutlich bedauert hat.

Die Wirkung des Stahlbades konnte man zunächst außer acht lassen. Im entscheidenden Augenblick aber muß keiner dagewesen sein, der gerufen hätte: Hände weg von Zilla! Sie verliebte sich, ›Hals über Kopf‹, wie sie sagte, in einen jungen Mann. Er war Angehöriger der deutschen Wehrmacht und lag zu jener Zeit im Lazarett, aber es fehlte ihm offensichtlich nichts, was nötig war, um ein williges Mädchen zu schwängern; auch an einem Bett hat es den beiden nicht gefehlt.

»Er war schön! Er war sagenhaft schön!«

Mehr an Beschreibung seines Äußeren war von Frau Blum nicht zu erfahren; ihr mehrfaches ›sagenhaft‹ rückte die Geschichte immer tiefer in den Bereich der Legende. Während sie von ihm sprach, hatte sie ihn aber doch wohl vor Augen, ihr Gesicht veränderte sich, ihre Augen bekamen Glanz. Die Frage nach seinem Alter beantwortete sie mit ›älter‹. Da die beiden allein waren, brauchten sie keine Rufnamen füreinander, entzückten sich am ›Du‹, das sich endlos aneinanderhängen ließ und dabei immer schöner, immer törichter wurde. Sie kamen von weit her aufeinander zu, so stellte P. es sich jedenfalls vor, und begegneten sich wie Nachtwandler – Frau Blum sprach von ›Dämmerung‹. Beide mußten es für selbstverständlich gehalten haben, daß sie fortan zusammenbleiben würden, ein Leben lang, so selbstverständlich, daß sie vergaßen, vorsorglich die nötigsten Verabredungen zu treffen. Aber das Schicksal, das sie im rechten Augenblick ein Gartenhaus entdecken ließ – »Ein Gartenhaus, bestimmt!« –, trennte sie dann auch wieder, benutzte dazu eine Sirene. Es gab Luftalarm. Wie die Angabe über das ›Gartenhaus‹ (nach P.s Ansicht ein allzu poetischer Ort), so konnte sie auch die Angaben über den Luftalarm nicht nachprüfen. Waren wirklich feindliche Bomber – vielleicht russische? – im Spätsommer 1944 so weit ins Deutsche Reich, bis ins Protektorat Böhmen-Mähren vorgedrungen? Statt sich beim ersten Ton der Sirene bei den Händen zu fassen, riefen beide: ›Komm!‹ und liefen in entgegengesetzten Richtungen davon. ›Komm!‹ Sie hatten einem Wort vertraut, was niemanden wundert, da beide mit

Worten zu tun hatten, sie eine Schauspielerin, an Stichworte gewöhnt, er – auch das eine unbestätigte Angabe – ein Student der Philologie im vorgerückten Semester. Das beiderseitige ›Du‹ genügte dann natürlich nicht für eine Suchanzeige. Zilla muß in den folgenden Tagen durch die Säle der Franzensbader Lazarette geeilt sein; aus allen Betten streckten sich ihr Männerarme entgegen, hoben sich verbundene Männerköpfe aus den Kissen. Sie fand ihn nicht. Oder erkannte ihn nicht wieder, und er erkannte sie nicht. Vielleicht hat er auch gerade geschlafen.

Das Glück hat seine Stunde, le bonheur, mehr nicht, eine einzige Stunde. Diese Stunde dient dieser Zilla seither als Zeitrechnung, als Stunde Null. Vorher – nachher. ›Bis dahin hatte ich‹ – diesen Satz der Frau Blum notierte sich P. wörtlich – ›vom Glück nur die Vorstellung: Ich liege im Bett und lese ein Buch, ohne daß es gleich wieder Alarm gibt!‹ (Sie stammte aus dem bombenbedrohten Rheinland und hatte bis zum Frühjahr 1944 dort bei den Eltern gewohnt.)

Was für ein Satz! Einer Schriftstellerin gegenüber geäußert! Hätte P. sie fragen sollen, was sie damals las oder zu lesen im Begriff stand? Die Antwort hätte vermutlich alles zunichte gemacht, Platons ›Gastmahl‹ wird es nicht gewesen sein. Jener Student der Philologie war ihr wahrhaftig mit Platon gekommen.

»Bestimmt. Ich bin ganz sicher, er sprach von Platon!«

Gleich nach ihrer Rückkehr nahm P. sich Platon vor, in der Annahme, daß es sich nur um ›Das Gastmahl‹ gehandelt haben konnte. Sie stellte sich vor, daß der Student auf dem Weg durch das mehrfach erwähnte Birkenwäldchen, am Bachufer entlang, folgendes zitiert hatte: ›Solange schon also ist die Liebe zueinander den Menschen angeboren, um die ursprüngliche – eine! – Natur wiederherzustellen, und versucht aus zweien eines zu machen und die menschliche Natur zu heilen! Jeder von uns ist also ein Stück von einem

Menschen, da wir ja, zerschnitten wie die Schollen, aus einem zwei geworden sind!‹

Im ›Gastmahl‹ entdeckte P. einen Satz, den man wie eine Trauformel auslegen konnte. Er wird der liebeshungrigen Zilla genügt haben. ›Denn wenn das euer Begehren ist, so will ich euch zusammenschmelzen und in eines zusammenschweißen, so daß ihr statt zwei eines seid und, solange ihr lebt, beide zusammen als einer lebt und, wenn ihr gestorben seid, auch dort in der Unterwelt nicht zwei, sondern gestorben, ein Toter seid.‹

Eine beglückende Vorstellung! Das Christentum hat nicht ihresgleichen, es trennt die Liebenden. Da gilt das Treuegelöbnis nur, ›bis daß der Tod euch scheidet‹. In jenem Garten mußte es zugegangen sein wie bei Platons ›Gastmahl‹. Die beiden Liebenden fühlten sich wie ein getrenntes Ganzes, als sei ihre natürliche Gestalt entzweigeschnitten, jedes sehnte sich nach seiner anderen Hälfte, und so kamen sie zusammen, umschlangen einander in dem Bestreben zusammenzuwachsen, und so starben sie Hungers infolge ihrer Untätigkeit, weil sie, getrennt voneinander, nichts tun wollten. War nun die eine Hälfte tot, und die andere blieb übrig, so suchte sich die übriggebliebene eine andere –

Spätestens an dieser Stelle wird Zilla ihren Studenten am Weiterreden gehindert haben. Möglich ist aber auch, daß das philosophische Liebesgeflüster, der kleine Sermon, der da zur Unzeit gehalten wurde, durch den ersten Sirenenton abgebrochen wurde.

P. war der Ansicht, daß der Augenblick der Zeugung der wichtigste Augenblick für das Leben eines Kindes, eines Menschen sei, wichtiger als der Augenblick der Geburt: die seelische und körperliche Gestimmtheit der Eltern, die sich auf das neue Leben überträgt, die chemische Beschaffenheit. Zum erstenmal wird über Gedeih und Verderb entschieden, die Anlagen werden zugeteilt.

Daß die beiden Liebenden in der einen Stunde, die ihnen das Schicksal zugestanden hatte, nicht auf Verhütung bedacht waren, ist erwiesen und mußte nicht erörtert werden. Jener Unbekannte hatte getan, was für das Kind das wichtigste war, er hatte ihm ein paar gute, allerdings auch ein paar weniger gute, Gene mitgegeben. Es ist nicht anzunehmen, daß aus ihm ein guter Vater und Erzieher geworden wäre, aber er hatte sich als ein guter Erzeuger erwiesen. Er vererbte dem Kind die körperlichen Vorzüge, das, was Zilla als ›sagenhaft schön‹ bezeichnete. Auch die Geistesgaben konnte die Person nicht von ihrer Mutter mitbekommen haben und auch nicht die Abenteuerlust und Abenteuerlist, das Unbekümmerte, das, was P. unwissenschaftlich und sehr vereinfacht ›das Platonische‹ an ihr zu nennen begann.

Es gibt keinen Grund, daran zu zweifeln, daß der Student der Philologie vor oder sogar in jener glücklichen Stunde von Platon gesprochen hat. Ein geistiger Funke ist jedoch nicht auf die junge Zilla übergesprungen, jedenfalls hat er nicht gezündet. Sie hätte, als sie den Mann nicht wiederfinden konnte, wenigstens nach Platon greifen können! P. hielt ihr das auch vor, aber Frau Blum führte zur Entschuldigung den ›Trubel der Ereignisse‹ an. Und wo hätte sie schließlich auch Platons Werke finden können? Sie mußte wieder auf die Bühne, mußte ihre Frauen- und Männerrollen spielen, es hieß noch immer: Hände weg von Zilla!

In P.s Aufzeichnungen über diesen ersten Besuch bei Frau Zilla Blum kehrt das Wort ›kleingeblümt‹ ebenso oft wieder wie ›der Trubel der Ereignisse‹.

3

P. benutzte einen kurzen Aufenthalt in Berlin dazu, den Leiter jener Wehrmachtbetreuungstruppe aufzusuchen, von dem Frau Blum gesagt hatte, er heiße ›Paul Adolf‹ mit Vornamen; ›bestimmt‹, hatte sie gesagt, hatte aber die Namen umgestellt. Er hieß Adolf Paul, mit Nachnamen Schaaf. Er lebte, wie P. nach mehrfacher Nachfrage von einer Agentur erfahren hatte, in einer Künstlerstiftung in West-Berlin, in der vornehmlich alte Schauspieler wohnten, nicht weit vom Stölpchensee entfernt. Das Heim wies alle Vorzüge auf, die ein Außenstehender nur wünschen konnte; die Mängel wurden P. von einem der Insassen deutlich gemacht: Alternde Schauspieler brauchen keine Kollegen, sie brauchen Publikum.

»Wir hocken in unserem Bau, horchen, ob der Flur leer ist, dann schleichen wir uns davon!« berichtete Herr Schaaf, als sie miteinander Tee tranken, grünen russischen Tee, den er in seiner Teeküche aufgebrüht hatte.

Als P. ihren Besuch telefonisch angekündigt hatte, war er begierig auf ihr Kommen gewesen. Sie würde über ihn schreiben, hatte sie gesagt. Noch bevor er ihr Anliegen kannte, sagte er: »Nennen Sie meinen Namen, da erinnert sich mancher!«

Seine Gebärden waren zu großartig für den kleinen Raum, gingen weit über die Bedeutung seiner Worte hinaus, seine Stimme war beträchtlich, weitreichend. Auch P. mußte laut sprechen, da er schwerhörig war. In seinen besten

Jahren hatte er ›auf größeren Bühnen‹ gestanden, bis auf den Fernsehschirm war er allerdings nicht gelangt. Immer noch ein ausdrucksvolles, wenn auch inzwischen erschlafftes Gesicht. Während er die Teetassen aus dem Schrank holte, erklärte er, daß ein Schauspieler doppelt altere: Er spiele vorzeitig sein Alter auf der Bühne; trete er dann ab, sei er weiterhin alt, nur ohne Schminke, hätte den Tod so oft gespielt, daß er ihn auswendig könne, sich nur noch zu entscheiden habe, ob nach Schiller, Kleist oder Beckett.

Im Gegensatz zu Frau Blum behauptete Herr Schaaf während des Gesprächs nicht ein einziges Mal, daß er sich auf sein Gedächtnis verlassen könne.

»Tut mir leid!«

Das sagte er mehrfach. Sein Gedächtnis habe Rollen gespeichert, keine Wirklichkeit, nur, was sich auf der Bühne abgespielt hatte. Mehrfach kamen P. Sätze, die er sagte, bekannt vor; durch rasches Nachfragen konnte sie sie gelegentlich einordnen. ›Faust II?‹ ›Piccolomini?‹ ›Shaw?‹

So unauffällig wie möglich brachte sie ihn immer wieder von seinem Thema, der sozialen Lage des alten Schauspielers, ab und zurück auf ihr Thema der Franzensbader Legende.

»Tut mir leid!« sagte er, als P. den Namen Zilla Amend nannte. »Tut mir leid.« An lebende Personen könne er sich kaum noch erinnern.

P. nahm die Fotografie der jungen Schauspielerin aus der Handtasche und reichte sie ihm. Er betrachtete das Bild, und P. konnte beobachten, wie sein Gedächtnis anfing zu arbeiten.

»Die Viola, wenn mich nicht alles täuscht!« sagte er dann plötzlich. »Shakespeare: ›Was ihr wollt‹! Aber was für eine dürftige Bühne! Was für dürftige Kulissen!«

»Franzensbad«, sagte P.

»Tschechoslowakei?« fragte er zurück. »Ich habe einige

Jahre im Ausland gespielt. Frankreich, Belgien, Italien, sogar Polen, Rußland.«

P. sah ihn fragend an.

»Im Krieg«, ergänzte er. »Natürlich im Krieg. Wann sonst? Nicht in Uniform, sondern im Kostüm.«

»Als Leiter einer Wehrmachtbetreuungstruppe, ich weiß Bescheid. Protektorat Böhmen-Mähren, Spätsommer 1944.«

»Sie wissen? Was wissen Sie?«

P. spürte, wie sie unter seinen Worten noch unwissender wurde.

»Ja.« Er dehnte das Wort zu einem fünffachen Ja. »Unser Schmierentheater!«

Und dann tauchte jäh ein Satz aus seinem Unterbewußtsein auf: »Hände weg von Zilla!«

Den Satz kannte P. nun schon. Als Stichwort für den Einstieg in seine Erinnerungen war er ihr leider nicht eingefallen; sie war mit der Arbeitsweise eines Schauspielergedächtnisses nicht vertraut.

»Eine kleine Schönheit. Ein kleines Talent«, sagte er, besah noch immer das Foto, hielt es gegen das Licht, um die Dargestellte nicht nur seitenverkehrt betrachten zu können.

»Sehen Sie das Kinn? Die Schultern? Immer dasselbe. Außer mir scheint das niemand zu sehen. Ein kleines entschlußloses Kinn, kleine schwache Schultern. Sehen Sie mich an: kräftiges Kinn!«

Er drehte sich ins Profil und reckte seine Schultern.

»Kräftige Schultern. Für jemanden, der schreibt, muß das doch interessant sein.«

Er betrachtete P. eingehend, ging um sie herum.

»Das Kinn. Die Schultern. Erstaunlich!«

P. versuchte, sein Interesse von ihrem Kinn und ihren Schultern abzulenken, vergeblich. Ihr Besuch blieb ihm weiterhin wichtiger als der Anlaß ihres Besuches.

»Sie bringen Ihre Projekte durch«, sagte er. »Sie sind hartnäckig. Hat man gesagt, Sie trügen die Nase hoch? Unfug! Jemand wie Sie streckt nur das Kinn hoch. Alle Leute mit einem kleinen Kinn tun das, alle.«

P. zog ihr Kinn ein, das sie, in der Absicht, seine These zu widerlegen, vorgestreckt hatte, und sagte mahnend: »Zilla!«

»Das Beste an ihr war ihre Unschuld. Und ausgerechnet die Unschuld hat sie verspielt. Ja, verspielt! Es fehlte uns an männlichen Schauspielern, ich mußte das Mädchen wiederholt in Hosenrollen einsetzen, die Figur dazu hatte sie. Natürlich konnten wir keinen Shakespeare spielen. Wir spielten Szenen. Heute tut das Peter Stein auf seine Weise, aus Mutwillen. Wir spielten damals Shakespeare-Potpourris aus Not. Rüpel-Szene, Sommernachtstraum. Balkonszene, Romeo und Julia. Man mußte die Soldaten, meist Verwundete, zum Lachen bringen. Böhmen, sagten Sie? Da spielten wir in den Redouten der Badeorte. Ganze Lazarettstädte damals. Wir paßten alle auf, damit keiner dieser kleinen Unschuld zu nahe käme. Soweit das möglich war! Die älteren Schauspielerinnen paßten aus Eifersucht oder Mißgunst auf. Aber der beste Schutz für ein junges Mädchen sind mehrere Bewerber, die sich gegenseitig bewachen. Auch ich war damals jünger, war nicht uninteressiert. Sehe ich aus wie ein Eunuch? Wie es dann doch dazu kommen konnte – tut mir leid.«

»Diese Zilla scheint überhaupt nicht an die Möglichkeit einer Schwangerschaft gedacht zu haben«, sagte P. »Im Trubel der Ereignisse hat sie die untrüglichen Zeichen, etwa Übelkeit, offensichtlich nicht wahrgenommen.«

»Es konnte einer Frau, auch wenn sie nicht schwanger war, in diesen Theatersälen mit den Armstümpfen und Krücken und Wundverbänden und dem dazugehörigen Geruch leicht schlecht werden.«

»Sie scheint keinen Zusammenhang erkannt zu haben zwischen dem, was sie mir gegenüber als ›das Glück‹ bezeichnet hat, und der späteren Schwangerschaft.«

Herr Schaaf überlegte eine Weile und sagte dann: »Zum Beispiel bei den Libellen, da findet die Befruchtung und die Eiablage in einem einzigen Vorgang statt. Das Ritual der Paarung und der Fortpflanzung ist nicht durch eine lange Austragungszeit getrennt.«

P. hatte die heutige Frau Blum in ihrem kleingeblümten Kleid als Libelle vor Augen und lachte auf.

Herr Schaaf bezog ihre unerwartete Heiterkeit wohl auf seine Bemerkung, blickte sie mißbilligend aus seinen wäßrig-blauen Augen an, die, wenn die Fotografien an den Wänden nicht trogen, einmal eine starke Ausstrahlung gehabt haben mußten.

»Der Vergleich mit den Libellen mag in manchen Fällen stimmen«, sagte P. zu ihrer Entschuldigung und fügte hinzu, daß es noch im letzten Jahrhundert Naturvölker gegeben habe, die keinerlei Zusammenhang zwischen Zeugung und Geburt kannten. »Es waren zwei voneinander völlig unabhängige Vorgänge; Missionare aus Europa mußten sie erst aufklären.«

»Ein dreijähriges Kind, das fotografiert wird, erkennt zwischen dem Geknipstwerden und dem Foto, das man ihm später zeigt, ebenfalls keinen Zusammenhang.«

»Bei der Polaroid-Methode wird sich das ändern«, sagte P. lachend.

»Sie war unschuldig wie eine Dreijährige.«

»Inzwischen ist aus ihrer Unschuld Naivität geworden.«

»Plötzlich war sie irgendwann schwanger. Der Augenblick der Verkündigung! Ich sehe ihn vor mir, auf der Bühne, während der Probe. Jemand rief: ›Hände weg von Zilla!‹, und daraufhin sagte eine der Schauspielerinnen: ›Das ist doch wohl nicht mehr nötig!‹ Alle starrten wir Zilla an, sie stand im Schnittpunkt der Blicke, die sich auf ihren Bauch konzentrierten. Der war noch klein, aber doch sichtbar und neu für uns. Ganz langsam nur begriff sie, blickte ihren mißgünstigen Verkündigungsengel an, errötete, legte die Hände auf ihren kleinen Bauch, hob die Mundwinkel zu einem Lächeln, und ich dachte nur noch eines: Gretchen! Sie lief herum wie ein leibhaftiges Gretchen. Ich beschloß im selben Augenblick, kleine Szenen aus dem ›Faust‹ mit ihr zu spielen, ich selber als Faust, aber auch als Mephisto. Marthe Schwerdtleins hatten wir genug. Sie war schlecht! Oder sagen wir so: Die schlichten Sätzchen wie ›Ein Kettchen hier, die Perle dann ins Ohr‹ sprach sie recht hübsch, aber wie eine Verkäuferin. Wie im Juweliergeschäft! Sie wollte spielen und konnte nicht. Das Bedürfnis war stärker als die Begabung, das kommt oft vor, bei allen Künstlern, bei den Malern, den Schriftstellern, diesen Möchte-gern-Dichtern. Sie kennen das? Aber bei den Schauspielern kommt es am häufigsten vor. Die liebliche Szene in Marthes Garten, wo Gretchen Blütenblätter zupft, ›Liebt mich, liebt mich nicht, liebt mich!‹, verträumt und unschuldig, das ging auch noch, aber wenn sie dann deklamierte: ›Schön war ich auch, und das war mein Verderben‹, da spürte man nichts von Verderben, nichts von Schuld. Statt dessen immer noch die gleiche Unschuld. Ihr fehlte Pathos. Nun sagen Sie mir bloß nicht, daß vielleicht eine bedeutende Schauspielerin aus ihr hätte werden können! Das hätte ich herausgehört, das hätte ich damals wahrgenommen.«

Herr Schaaf saß jetzt zurückgelehnt, beide Hände auf den weit auseinandergerückten Knien, die Augen wieder geschlossen, er zitierte: »›Gericht Gottes! Dir hab ich mich übergeben!‹« und brach in Gelächter aus, in ein anhaltendes Gelächter, für das P. zunächst keinen Anlaß sah. Dann gab er die Erklärung.

»Übergeben! Das Wort genügte, und sie verschwand in

der Kulisse. Die Szene mußte gestrichen werden. Blieb uns immer noch die Kerkerszene. ›Meine Mutter hab ich umgebracht / mein Kind hab ich ertränkt.‹«

»Ich weiß Bescheid«, sagte P., um zu verhindern, daß er den ganzen ›Faust‹ durchspielte.

»Sie hat ihre Mutter nicht umgebracht. Sie war auch keine Kindsmörderin. Soviel ich weiß. Ich hatte sie überfordert. Aber wenn sie irgendwann – genügend Ärzte gab es ja in den Lazarettstädten – an eine Abtreibung gedacht haben sollte, dann hat sie das spielend, während der Proben, abgemacht. Es war mein Irrtum! Eine junge Schauspielerin wird, nur weil sie schwanger ist, noch kein Gretchen. Wir probten noch einige Male, aber auf die Bühne kam unser Faust-Extrakt nicht. Ich unternahm noch einen Versuch, die Gretchen-Tragödie als Moritat spielen zu lassen. Mephisto zur Laute – irgendwas muß uns dazwischengekommen sein, an eine Aufführung erinnere ich mich nicht. ›Nenn's Glück, Herz, Liebe, Gott!‹ Herrlich, ganz herrlich, aber das kam nicht! Außerdem nahm sie zu wie der Mond.«

»Aber nicht wieder ab«, warf P. ein.

»Ja. Zunächst jedenfalls nicht. Sie wurde immer dicker. Sie trug einen solchen Bauch vor sich her, daß sie komisch wirkte. Er paßte nicht zu ihr. Die Soldaten lachten, sobald sie auf die Bühne trat. Ich wollte sie nach Hause schicken, aber sobald ich darauf zu sprechen kam, brach sie in Tränen aus. Statt auf der Bühne zu weinen, weinte sie hinter den Kulissen, an meinem Hals. Ich habe selten eine Schauspielerin so gut zur falschen Zeit weinen sehen. Tränenströme! Nicht nach Hause! rief sie. Ich sehe sie jetzt wieder deutlich vor mir. Sehr rührend. Sehr bewegend. Nur eben nicht auf der Bühne. Wie eine kleine Heilige trug sie ihren Bauch durch diese böhmische Lazarettstadt. Unangefochten ließ man sie vorübergehen. Niemand mußte mehr ›Hände weg von Zilla!‹ rufen. Man achtete sie. Aber nicht nur das. Man steckte ihr Lebensmittel zu, die sie kameradschaftlich mit uns teilte, eine brave kleine Volksgenossin. Durch sie habe ich eine wichtige Erfahrung gemacht: Nur eine Nicht-Schwangere kann eine Schwangere spielen! Ein Kissen vorm Bauch wirkt glaubhafter. Übergriffe beim Leben sind der Kunst nicht gestattet. Auf der Bühne wirkte sie komisch, aber in Wirklichkeit war sie ganz echt, ganz überzeugend. Wir beschäftigten sie noch eine Weile, sie nähte – wenn ich mich recht erinnere – Kostüme. Wir müssen uns längere Zeit in dieser Gegend aufgehalten haben, auch noch in anderen Kurorten, Karlsbad, denke ich ...«

»Auch Marienbad?« fragte P.

»Marienbad, kann sein. Genaueres – tut mir leid«, antwortete Herr Schaaf. »Gott sei Dank immer in Grenznähe! Unsere ohnehin schon kleine Theatertruppe wurde immer kleiner. Immer wieder setzte sich jemand ab. Absetzen! Das Wort werden Sie überhaupt nicht kennen. Wo diese Zilla damals abgeblieben ist? Keine Ahnung. Die Theater wurden geschlossen. Die Schauspielerinnen wurden in Munitionsfabriken eingezogen, die Schauspieler zum Volkssturm. Auch ich setzte mich rechtzeitig ab. Mein Leben fürs Theater? Das nicht! Wissen Sie, daß wir Schauspieler sehr mutig waren im Dritten Reich? Wir machten Anspielungen auf der Bühne. Ich konnte das später bei meinem Spruchkammerverfahren nachweisen. Ich sagte ›Zugroßdeutsches Reich‹, und es gab Gelächter im Publikum, auch Verwarnungen, ernste Verwarnungen. Wenn ich jetzt zurückdenke, folgerichtig zurückdenke, dann hat das Kind dieser Zilla ihr wohl das Leben gerettet. Es gab ein Gesetz zum Schutz der werdenden Mütter, überhaupt der Mütter. Mit Schaudern, was ich Ihnen sage, mit Schaudern habe ich gelesen, welchen Greueltaten und Blutopfern die deutsche Bevölkerung bei der Austreibung aus der Tschechoslowakei ausgesetzt war!«

In belehrendem Tonfall warf P. zu dem Thema ›Austreibung‹ ein: »Die Deutschen haben zwischen 1938 und 1945, als sie selber an der Macht waren ...«, wurde aber ungestüm unterbrochen: »Ja. Macht – Ohnmacht, immer abwechselnd, ich bin kein politischer Mensch. Ich bin Schauspieler! Ich bin davongekommen, andere sind nicht davongekommen.«

Er machte eine Handbewegung, als sei gleichgültig, zu welchen man gehöre, und setzte seinen Lebensbericht fort.

»Nach dem Zusammenbruch mußte man als Künstler völlig neu anfangen. Daß man in Chemnitz, in Breslau einen Namen gehabt hatte, galt nichts. Diese Städte rückten nicht nur politisch immer weiter weg. Eine neue Karriere. In gewissem Umfang ist mir das gelungen. Hier.«

Er stand auf, nahm P. beim Arm und führte sie zu der Wand, die den kleinen Wohnraum von einem noch kleineren Schlafteil abtrennte. Seine persönliche Ikonostasia. Bild an Bild.

»Hier: Bonn, damals allerdings noch nicht die Bundeshauptstadt. Osnabrück. Jeder Schauspieler hat sein Osnabrück, sein Oldenburg. Aber dort hat er auch sein Publikum, das ihn liebt, das ihm Anhänglichkeit bewahrt. Köln – als Gast. Ein wenig Synchronisation beim Film, wenn man schlesisches Idiom benötigte. Aber das Herz! Dieses Herz, immer doppelt gelebt und doppelt gespielt. Abgenutzt. Verbraucht. Das letzte Engagement. Berlin! Der Traum meiner jungen Jahre, als Berlin noch Reichshauptstadt war. Zu spät erfüllt. Renaissancetheater. Noch während der Proben: Ende der Vorstellung, Vorhang zu. Und jetzt dies hier: ›Künstlerheim‹. Lauter schwere Mütter. Lady Macbeths rechts und links. Essen auf Rädern. Wir haben uns nichts zu sagen. Wir haben keine Textbücher, verstehen Sie, diese Rollen können wir nicht.«

»Doch«, sagte P. »Sie waren sehr gut, sehr überzeugend!«

Sie betrachtete die Fotografien, bewunderte sie eingehend, dankte für den vorzüglichen Tee, für das interessante Gespräch und verabschiedete sich. Er entschuldigte sich, daß er sie nicht bis zur Haustür begleiten könne. Dann sagte er noch mehrmals: »Tut mir leid, daß ich mich nicht genauer an jene Zilla Amend erinnere. Was ist wohl aus ihr geworden? Ein kleines Talent. Und das Kind? Ein Junge – ein Mädchen?«

P. lächelte vielsagend und versprach, ihm später das Buch zu schicken.

»Beeilen Sie sich«, sagte er und legte bedeutungsvoll die Hand auf sein Herz. »Erwähnen Sie meinen Namen, er ist nicht ganz unbekannt! Kommen Sie einmal wieder, wenn Sie in Berlin sind! Nehmen Sie den Bus!«

Es war schon spät am Abend. Das Flurlicht war bereits auf Automatik geschaltet. P. fand den Lichtschalter nicht und tastete sich durch die Gänge zum Treppenhaus. In der Eingangshalle sah sie ein schwaches Licht schimmern, hörte zusammenhanglose Töne einer menschlichen Stimme. Als sich ihre Augen an die Dunkelheit gewöhnt hatten, erkannte sie in der Halle eine Gruppe hoher exotischer Blattpflanzen – Philodendron, Bananenstauden, Gummibäume –, unter denen ein schwarzer Konzertflügel stand. Ein Lämpchen gab ein wenig Licht. Am Flügel saß, in langem dunklen Gewand, eine alte Frau, deren rechter Arm schlaff und schwer herunterhing. Die linke Hand lag auf den Tasten und schlug einzelne Töne an, die von der brüchigen Stimme nachgesungen wurden. Eine ehemalige Opernsängerin? P. schlich vorbei. Die alte Frau hörte sie nicht, vielleicht hörte sie überhaupt nichts mehr.

P. blieb länger als vorgesehen in Berlin und suchte auch die neue Staatsbibliothek auf. Sie wurde entgegenkommend beraten, aber alle bibliothekarische Hilfe war vergebens. Über die Truppenbetreuung im Zweiten Weltkrieg brachte sie so gut wie nichts in Erfahrung. Das Theaterwissenschaftliche Institut der Universität in Köln beabsichtige, ein Zentralarchiv des Kriegstheaters einzurichten, hieß es, und suche seinerseits nach Unterlagen. Der für dieses Projekt zuständige wissenschaftliche Leiter sei verstorben, das vorhandene Material noch nicht gesichtet und daher nicht zugänglich. An eine Erschließung der Bestände sei vorerst nicht zu denken.

Der Versuch, die ungesicherte Geschichte wenigstens an den Rändern abzusichern, scheiterte an dieser Stelle. Einige Tage nach ihrer Rückkehr machte sie aber, durch Zufall, eine erstaunliche Entdeckung. Auf dem Bildschirm ihres Fernsehgeräts sah P. eine Frau mittleren Alters, die eine stark erkältete Frau spielte und offensichtlich erleichtert und beglückt darüber war, daß es Papiertaschentücher gab. Kein Zweifel: Zilla Blum, sogar in ihrem eigenen kleingeblümten Kleid, trat im Werbefernsehen auf. P. beabsichtigte zunächst, dem alten Schauspieler Adolf Paul Schaaf zu schreiben und ihm mitzuteilen: ›Sie hatten recht, ein kleines Talent!‹, gab den Plan aber wieder auf. Sollte er sie als eine kleine Heilige, die zunahm wie der Mond, in Erinnerung behalten...

In der Folgezeit sah sich P. mehrfach Werbesendungen an. Frau Blum wurde offensichtlich vielfach beschäftigt, eine guterhaltene Fünfzigerin, die unerfahrenen jungen Hausfrauen Ratschläge im Entfernen von Flecken erteilte und sie in der Benutzung von Kaffeemaschinen unterwies. P. mußte sie also schon vor ihrem ersten Besuch auf dem Bildschirm gesehen haben. Sie erinnerte sich an den unordentlich geführten Haushalt. Die Schauspielerin Zilla Blum spielte im Werbefernsehen die vorbildliche Hausfrau, die sie in Wirklichkeit nicht war, vielleicht aber gern gewesen wäre. Als ihr nacheinander die Zusammenhänge aufgingen, war P. erheitert.

4

Geheimnisse sind noch keine Wunder. P. hütete sich, das Wort ›Wunder‹ im Zusammenhang mit der dramatischen Geburt der Person zu verwenden, allenfalls in der Umkehrung. Kein Wunder also. Naturwissenschaftler lassen Wunder nicht gelten, wollen von Geheimnissen nichts wissen, sprechen statt dessen von ›Unbekanntem‹, das früher oder später noch aufgedeckt werden wird.

Einige weitere ungesicherte Angaben über die letzten Monate vor der Niederkunft, ein Zeitraum, den Frau Zilla Blum immer nur mit ›Trubel der Ereignisse‹ zusammengefaßt hatte, konnte sie noch zusammentragen. Die hochschwangere Zilla Amend schien mit einem der letzten Lazarettzüge das Protektorat Böhmen-Mähren verlassen zu haben, über Österreich, vermutlich Linz, und dann ›ins Reich‹ abgeschoben worden zu sein, wobei sie von den verwundeten Soldaten und dem begleitenden Sanitätspersonal im Rahmen des Möglichen verwöhnt wurde.

Schon bei ihrem ersten Besuch hatte P. sich bei Frau Blum nach deren Eltern erkundigt. Sie hatte, so als ob damit alles gesagt sei, erklärt, daß damals keine Briefe mehr geschrieben werden durften. Das stimmte, ab Januar 1945 wurden lediglich Postkarten zugestellt. Auf den Einwand, sie hätte doch auch auf einer Postkarte ihren Eltern Mitteilung von der Schwangerschaft machen können, erklärte sie: »Damit konnte ich ihnen nicht kommen!«

Noch jetzt, wo beide Elternteile tot waren, war sie davon

überzeugt, daß ihre Eltern sich eher mit ihrem Tod abgefunden hätten als mit einem unehelichen Kind. P. glaubte, nicht richtig verstanden zu haben. Aber Frau Blum bestätigte, was P. vermutet hatte: »Sie hatten keine Ahnung.«

»Auch später nicht?«

»Nein! Sie hätten mir nur Schwierigkeiten gemacht. ›Du bringst uns noch ins Grab‹, haben sie gesagt, als ich ihnen erklärte, ich wolle Schauspielerin werden.«

»Vielleicht hätten sie sich später über ein Enkelkind gefreut?«

Während P. fragte, kam ihr zum erstenmal der Gedanke, Frau Blum könne in ihrer später geschlossenen Ehe weitere Kinder bekommen haben. Als sie danach fragte, sah Zilla Blum sie an, als hätte sie etwas Ungeheuerliches gesagt. Ihre Antwort klang wie: ›Einmal und nicht wieder!‹

Und dann sagte sie wörtlich: »Sie haben ja überhaupt keine Ahnung!«

Mütter benutzen diesen Satz gegenüber Nicht-Müttern mit Vorliebe und mit Genugtuung. Die volle Bedeutung des Satzes ging P. erst auf, als sie später bruchstückweise die Einzelheiten über die Entbindung erfuhr, Angaben, die Frau Blum ihr vorenthalten hatte und die sie erst auf dem Standesamt in Passau zufällig in Erfahrung brachte, als sie sich das Geburtenregister des Jahres 1945 vorlegen ließ.

Bis zu diesem Zeitpunkt kannte sie Passau nicht.

Es war Spätsommer. Der Dunst, der über dem Donauviertel lag, löste sich erst gegen Mittag, aber dann: Was für ein Licht! P. fühlte sich an Innsbruck, an Salzburg erinnert. Diese alten Städte an den alten Flüssen, man alterte mit, wurde melancholisch, blickte ins Wasser, woher und wohin und wozu? Das Überflüssige wurde P. von Jahr zu Jahr wichtiger. Die schönen Brunnen, die Torbögen, die Brükkenfiguren. Die Brunnen sorgten nicht mehr für Wasser, die

Tore wurden nicht mehr bewacht, die Heiligen schützten die Brücken nicht mehr. Das alles war in schönster Weise unnötig. Wochenmarkt auf dem Domplatz, als gäbe es die Supermärkte nicht. Dahlien, Gladiolen, Montbretien: Pfarrgartenblumen.

P. kümmerte sich zunächst nicht darum, daß dies der Geburtsort der Person war, sondern schlenderte, den Reiseführer in der Hand, durch das alte Kloster-, dann durch das Bischofsviertel. Schulterbreite Gäßchen, die zu den Flüssen hinunterführten; eine Tafel mit einer Hand, die auf ein Kreuz hinwies. ›Bis hierher sind am Maria-Himmelfahrtstag 1509 die Wassergüss' gangen!‹ Geruch von feuchten Kellern, darüber der süße Maischegeruch der Brauereien. P. folgte dem Inn, in der Annahme, es sei die Donau, bis zu ihrem Zusammenfluß, dachte dabei an das Städtchen Hannoversch-Münden, wo man von einem ›Kuß‹ spricht, den Fulda und Werra sich geben, und daß, gereimt, aus diesem Kuß der Weserfluß entstehe. In Passau sprach man von ›Hochzeit‹: der männliche stürmische Inn, die ruhig fließende, weniger breite Donau, die den Namen gab. P. vermeinte, auf einem übergroßen Schiff zu stehen, das geankert hatte. Die Flüsse zogen vorüber; Passau lag fest, konnte seinen Platz nicht verlassen. Manche Besucher sehen das Wasser der Donau graugrün, andere grüngrau; P. dachte an Oliven, aber nicht an die Bäume, sondern an ihr Öl. ›Mein Fluß‹, hatte die Person im Zugabteil gesagt, eines der Stichworte, die getroffen hatten. P. stieg zur Veste Oberhaus hinauf und prägte sich das Stadtbild ein, vor allem die Türme der Kirchen.

Auf dem Rückweg ins Hotel – sie wohnte im ›Weißen Hasen‹ – kam sie an der Buchhandlung Vanitas vorbei, ging hinein, blätterte Bildbände über Passau durch, ohne allerdings zu finden, was sie suchte: Dokumentationen aus dem Krieg, aus der frühen Nachkriegszeit. Sie fand lediglich schöne Stiche der alten Bischofsstadt, auch Fotografien des modernen Passau. Zufällig sah sie dann eine Carossa-Ausgabe liegen. (Carossa! Ihr erstes Referat als künftige Bibliothekarin hatte sie über Carossa gehalten; sie besaß das Manuskript noch. Der Bibliotheksdirektor hatte handschriftlich ›gern gelesen‹ darunter geschrieben.) Carossa hatte als junger Arzt und Literat Anfang des Jahrhunderts in Passau gelebt. P. blätterte in dem Band ›Leben und Werk‹, las, daß der Dichter in Passau begraben liege, erwarb den Band und ließ sich am Nachmittag von einem Taxi zu dem betreffenden Friedhof fahren, suchte das Grab, fand es auch, grübelte lange über den Grabspruch nach. ›... da raunen die Quellen unirdisch leise ...‹ Was mischte sich Carossa ein! Der Spruch war ihr zu dunkel und raunend.

Sie ließ sich zur Stadt zurückfahren, hielt sich an Baedeker und Merian, setzte sich für eine Weile in den Dom, aß dann in einem Lokal das berühmte ›Küchenmeister-Ragout‹ und trank Passauer ›Stiftswein‹ aus der Wachau. Ein Herr setzte sich zu ihr an den Tisch und bestand darauf, daß sie Palatschinken aß. Als sie sie schließlich vor sich stehen hatte, tadelte er, daß sie nicht mit Marillenmarmelade gefüllt seien. Sie wunderte sich darüber, daß man so ausgiebig über Palatschinken sprechen konnte; ihr Teller war längst geleert. Ein Deutscher aus Siebenbürgen, aus Hermannstadt, nach dem Krieg aus der Heimat vertrieben, aber erst seit Ende der fünfziger Jahre in Passau ansässig. Was sie gern erfahren hätte, wußte er nicht, und was er zu erzählen wünschte, interessierte sie in diesem Augenblick wenig. Erst als er sich verabschiedet hatte, konnte sie den Stadtplan und die Broschüren ausbreiten. Sie suchte nach Klöstern, die in der Umgebung lagen; keines schien ihr für ›das Klösterchen‹, von dem Frau Blum gesprochen hatte, in Betracht zu kommen.

Einige Angaben über das Kriegsende fand sie dann

schließlich bei Carossa, in einem seiner Tagebücher, unter dem Datum des 2. Mai 1945. ›... Dieser Tag beendete für Passau und seine Umgebung den Krieg... zwischen den starr hängenden Stümpfen der zerstörten Brücken erreichte die amerikanische Infanterie auf Sturmbooten in wenigen Minuten die Stadt.‹

Aus diesen Angaben schloß sie: Frau Blums Behauptung, das Kind sei ›in einem Luftschutzbunker‹ zur Welt gekommen, konnte nicht stimmen. ›Dieser Tag beendete den Krieg...‹ Ihre Gedanken liefen eigenmächtig zurück. Letzte Schüsse, letzte Detonationen, dann Stille. Vive morte. Bis dann wieder alle durcheinanderliefen, von Nord nach Süd, von Ost nach West...

›Alle Glocken haben geläutet.‹

Diesen Satz hatte sie noch im Ohr. Sie suchte anhand des Stadtplans nach den Kirchen, kreuzte die in Frage kommenden an und kam zu dem Schluß, daß das Kind im Heiliggeist-Viertel geboren sein mußte. Aber wo? Welche Glocken hatten geläutet? Die Glocken der St. Anna-Kapelle? Der St. Johannes-Spitalkirche?

Am nächsten Morgen entdeckte sie auf einem Spaziergang das Altenheim St. Johannes-Stift, in dem einer der ehemaligen Küster der Heiliggeist-Kirche lebte, König mit Namen, schwerhörig und gehbehindert, aber auskunftswillig. Das Datum des Kriegsendes war ihm nicht geläufig, er sagte statt dessen: »Als alles aus war.«

König erklärte sich bereit, ihr ›alles‹ zu zeigen, und humpelte an seinem Stock eilig neben ihr her. Wenn der Raum zu eng war für zwei Personen, eilte er voraus und winkte ihr mit seinem Stock. Schließlich zeigte er mit der Stockspitze in die Höhe, zu einem Turm. Er sprach jene Mischung aus Bayrisch und Österreichisch, die sie nur schwer verstehen konnte.

P. entnahm seinem Bericht das folgende:

Nachdem die Nachricht von der bedingungslosen Kapitulation der deutschen Wehrmacht (›als alles aus war‹) im Radio durchgegeben worden war, war der Küster in seinen Turm gestiegen und hatte die einzige Glocke, die dort noch hing, geläutet. Die Stromversorgung war unterbrochen, das elektrische Läutewerk folglich außer Betrieb. Er hatte sich an den Glockenstrang gehängt und aus Leibeskräften mit ›seiner‹ Glocke den Frieden eingeläutet. König muß von seinem Küsteramt sehr erfüllt gewesen sein, sprach auch jetzt noch von ›seinen‹ Glocken, ›seiner‹ Kirche, ›seinem‹ Kaplan.

Während er erzählte, schlug er mehrfach mit dem Stock gegen sein Bein und sagte: »Das Bein hat mir das Leben gerettet.« P. merkte erst beim zweiten- oder drittenmal, daß er mit der Bemerkung ›ohne das Bein‹ jenes fehlende Bein meinte, das man ihm im dritten Kriegsjahr amputiert und erst mehrere Jahre nach Kriegsende durch eine Prothese ersetzt hatte. Damals, ›als alles aus war‹, war er an Krücken gegangen. Diese Krücken hatte er in jener Nacht, als er die Glocke läutete, unten im Turm stehenlassen und hatte sich mit den Armen die Treppen und Leitern hinaufgezogen.

Er hätte noch stundenlang geläutet, wenn nicht der ehemalige, für den Bezirk zuständige Partei-Blockleiter, der bis dahin ›untergetaucht‹ gewesen war, die Leiter hinaufgekommen wäre und versucht hätte, ihm das Glockenseil zu entreißen.

In diesem Glockenstuhl, zu dem P. und der alte Küster nun hochblickten, mußte sich so etwas wie ein letzter Nahkampf abgespielt haben; und in diesem ging es um nicht weniger als um die Frage, die für manche Deutsche bis heute noch nicht geklärt ist, ob Deutschland damals den Krieg verloren hat oder ob es von der Diktatur Hitlers befreit wurde. Das eine Mal bekam der Blockleiter das Seil zu fassen, dann der Küster, der die größere Erfahrung im

Läuten hatte, aber nicht fest auf seinem Bein stand und zeitweise am Glockenseil hing, seinerseits wie eine Glocke. Bei dem Versuch, den Küster festzuhalten, setzte der Blockleiter diesen in immer heftigeren Schwung. Zehntausend Kilo gerieten bei einer Glocke in Bewegung, erklärte König, so stark sei ihre Kraft. Die Glocke habe sich selbständig gemacht, er sei von ihr hin- und hergeschleudert worden und habe mit seinem noch vorhandenen Bein keinen Halt gefunden. Schließlich sei sein Kaplan, damals schon siebzig, die Leiter heraufgekommen, sein Rufen habe man durch das Geläut hindurch gehört. ›Genug! Bei Gott, genug!‹ habe er gerufen, und das genügte, die Glocke zum Verstummen zu bringen.

Der ehemalige Blockleiter sei tot. Der Kaplan ebenfalls. Alle tot. Seine eigene Frau auch. Die Rente reiche fürs Nötigste.

Er wollte sie noch mit in das Altenheim nehmen, sie müsse was darüber schreiben, sagte er, packte sie beim Ärmel und schüttelte sie. P. machte sich los und sagte lachend, sie sei keine Glocke, aber er verstand sie nicht, verstand ihr Hochdeutsch überhaupt nur schwer. Den Geldschein, den sie ihm beim Abschied in die Hand drückte, verstand er.

Endlich eine Angabe der Frau Blum, die sich als richtig erwiesen hatte! Ob der Küster König nun den Krieg ausgeläutet hatte oder den Frieden eingeläutet – in jedem Falle hatte er zur Geburt des ersten Kindes, das nach dem Krieg in Passau geboren wurde, seine Glocke geläutet. Die Vorstellung, daß damals am Glockenseil ein Gläubiger und ein Ungläubiger hingen, erheiterte P.

Wer schreibt, ist auf Zufälle angewiesen, sonst käme er mit seinen Nachforschungen nie weiter. Ein solcher Zufall ergab sich, als sie das Standesamt aufsuchte. Ihre Erwartungen waren nicht groß.

Der für das Geburtenregister zuständige Beamte, ein Herr Marder, war bereits seit mehr als vierzig Jahren im Dienst der Stadt tätig. Er wußte Bescheid, erinnerte sich ausführlich an jene Jahre, in denen er Arier-Nachweise ausgestellt hatte. Wenn er heute die Leute auf der Straße sähe, sagte er, wüßte er sofort: arische Großmutter oder jüdischer Großvater. P. hatte Mühe, Herrn Marder von diesem Thema abzubringen. Das Register, um das es ihr ging, befand sich im Archiv. Es hätte von dort geholt werden müssen, was Herr Marder zunächst für undurchführbar hielt. Ein paar Sätze über ihr literarisches Vorhaben genügten aber dann, es doch möglich zu machen, erst recht, als sich herausstellte, daß seine Frau ein Buch von ihr gelesen hatte.

Die gesuchte Eintragung stand unter dem 8. Mai 1945 als letzte auf der rechten Seite. Herr Marder reichte P. das Buch, und sie las, was sie lesen wollte und was sie im wesentlichen schon wußte. Marion Amend, Tag und Uhrzeit der Geburt, Vorname und Name der Mutter, Vater unbekannt. Als Beruf der Mutter war ›Schauspielerin‹ angegeben. Außerdem stand da noch ›konfessionslos‹. Das war ihr neu: konfessionslos. Die Gretchenfrage hatte sie bisher nicht gestellt.

Herr Marder verwies auf die Unterschrift und sagte: »Das muß die letzte Amtshandlung meines Vertreters gewesen sein. Ich war Soldat, wurde bei einem der letzten Kämpfe im Westen verwundet und kam gleich nach Kriegsende aus dem Lazarett nach Hause. Mein Vertreter hat mir hier am Arbeitsplatz ein ziemliches Durcheinander hinterlassen.«

Während er sprach, blätterte er im Geburtsregister eine Seite weiter und las beiläufig die erste Eintragung auf der neuen Seite. P. sah, wie er plötzlich stutzte, näher hinsah und die Stelle ein zweites Mal las.

»Ein Registrierfehler!« sagte er betroffen. »Er hat tatsächlich dasselbe Kind zweimal eingetragen!«

Er deutete auf die betreffende Stelle. Und da stand nochmals: Mutter: ›Zilla Amend, Schauspielerin, konfessionslos, Vater unbekannt‹ und so weiter.

Bei näherem Hinsehen stellten sie dann aber fest, daß bei dem Vornamen des Neugeborenen statt ›Marion‹ diesmal ›Mario‹ stand. Außerdem stellten sie fest, daß die Geburtszeit des Kindes um drei Stunden später angegeben war.

Sie blickten einander an und sagten gleichzeitig: »Zwillinge!«

Herr Marder klappte das Buch zu. »Welchen der beiden meinen Sie denn nun?«

»Das weiß ich auch nicht«, antwortete P. wahrheitsgemäß, erhob sich eilig, sagte entschuldigend, daß sie mit dem nächsten Zug zurückfahren müsse, entrichtete die vorgeschriebene Gebühr für die Auskunft und ließ sich den Weg zum Postamt beschreiben. Dort gab sie ein Telegramm an jenen Bekannten auf, der das Horoskop stellen wollte.

»Es handelt sich um Zwillinge stop Junge und Mädchen stop Abstand der Geburten etwa drei Stunden stop.«

Dann ging sie zur Donau, die sie auch diesmal wieder mit dem Inn verwechselte, setzte sich auf eine Bank und versuchte, ihre Gedanken zu ordnen. Zwillinge! Über Zwillinge wußte sie nichts, erinnerte sich nur an eine Bekannte, die eine Zwillingsschwester besaß. Jeder, der sie traf, fragte als erstes nach der Schwester, so daß sie immer das Gefühl hatte, die falsche zu sein. In einem Restaurant hatte sie einmal überraschend ihre Schwester getroffen und erst beim Näherkommen festgestellt, daß sie auf einen Spiegel zuging.

In der Buchhandlung Vanitas war P. nun schon bekannt; man war ihr behilflich bei der Suche nach einschlägiger Literatur über Zwillinge. Das Buch, das sie schließlich ausfindig machten, war gerade erschienen und recht informativ. Als sie zwei Stunden später im Zug saß und nach Hause fuhr, nahm sie sich das Buch vor, las darin, strich an, machte

Ausrufungszeichen, schrieb sich auch einige Sätze, die sie zu verwenden gedachte, ab, wie etwa jenen von Empedokles, der der Ansicht war, daß ein Übermaß an Samenflüssigkeit die Ursache für Zwillingsgeburten sei. Das war bisher auch ihre Meinung gewesen, sofern sie überhaupt je darüber nachgedacht hatte. Ein anderer griechischer Philosoph vermutete, daß die Entstehung von Zwillingen durch zwei kurz aufeinanderfolgende Samenergüsse bedingt sei. Zilla Amend war übrigens derselben Meinung, wie sich in einem späteren Gespräch herausstellte. P. legte sich schon in der Bahn einige Fragen zurecht, die sie der ›konfessionslosen‹ Frau Blum zu stellen gedachte.

Ihre erste Überraschung, als sie ihr dann gegenübersaß, war, daß jene tatsächlich erkältet war; allerdings nicht ganz so glücklich über den Besitz von Papiertaschentüchern wie neulich auf dem Bildschirm. P. machte eine diesbezügliche Bemerkung, und Frau Blum lächelte gewohnheitsmäßig, war an Ähnliches sicherlich gewöhnt. Ihr Mann war auch diesmal nicht anwesend, im Flur hing sein Hut an einem Haken, im Wohnzimmer lag seine Pfeife auf dem Couchtisch. Er schien in irgendeinem Außendienst tätig zu sein. Auch diesmal sprach sie unter dem Siegel der Verschwiegenheit. Auf P.s Anspielung in Richtung Muster-Hausfrau, wobei sie das häusliche Durcheinander mehr erheitert als vorwurfsvoll betrachtete, ging sie nicht ein.

P.s Frage nach der Zwillingsgeburt klang offensichtlich nach Vorwurf und Verhör.

Frau Blum fragte sofort zurück: »Kommen Sie von der Polizei?«

P. entschuldigte sich, und Frau Blums Gesicht nahm gleich darauf wieder jenen Ausdruck an, den der alte Schauspieler Schaaf mit ›Unschuld‹ bezeichnet hatte, der aber bei einer Fünfzigjährigen wie Naivität wirkte.

»Ist das so wichtig?« fragte sie und fügte sofort hinzu:

»Ich erinnere mich genau an alles. Sie können ruhig fragen. Ich habe Ihnen ja schon gesagt, daß alle Glocken geläutet haben.«

»Eine einzelne Glocke!« berichtigte P. »Ich komme gerade aus Passau, wo ich ein wenig nachgeforscht habe.«

Frau Blum alterte unter P.s Blicken. Plötzlich tat ihr diese erkältete, kleingeblümte Frau leid. Erst jetzt, wo sie der Mutter gegenübersaß, brachte sie Theorie und Praxis einer Zwillingsgeburt miteinander in Zusammenhang.

Man hatte die junge Schauspielerin wegen ihres übergroßen Bauches verspottet. ›Eine kleine Heilige‹ hatte wohl nur der Schauspieler Schaaf in ihr gesehen. Sie wird mehr als andere Schwangere unter Übelkeit und Erbrechen gelitten haben. Sie kam vom Theater! Wahrscheinlich hatte man ihr nicht einmal geglaubt. Kein Mann hatte zärtlich ihren Bauch gestreichelt und das ungeborene Kind abgetastet, wobei er die beiden kleinen Köpfe hätte wahrnehmen können. Die dreifachen Herztöne. Nicht einmal ein Schwangerschaftstest wird gemacht worden sein, der Fall war ja klar, keine Röntgenaufnahme. Eine Vergleichsmöglichkeit hatte die unerfahrene Schwangere nicht gehabt. Sie muß diese Unruhe in ihrem Bauch für normal gehalten haben. Wie hätte sie denn wissen sollen, daß sich in ihrem Inneren Kämpfe abspielten? Verdrängungskämpfe, bei denen die Ungeborenen um ihr Leben rangen. ›Und die Kinder stießen sich miteinander in ihrem Leib‹, heißt es von den biblischen Zwillingen Jakob und Esau.

P. ließ Frau Blum an ihren eben erworbenen Kenntnissen teilhaben, denn sie war der Ansicht, daß jene in gleichem, wenn nicht sogar stärkerem Maße am Thema ›Zwillingsgeburt‹ interessiert sein müßte.

»Wissen Sie«, fragte P., »daß immer die Frau den Ausschlag für eine Zwillingsgeburt gibt? Es handelt sich keineswegs, wie allgemein angenommen wird, um eine Überpotenz des Mannes. Die Gebärmutter ist an sich nur für ein einziges Kind ausgerüstet. Im Ruhezustand ist sie nicht größer als eine Birne. Aber sie besitzt die Fähigkeit, sich bis zu einem Durchmesser von zwei Handspannen auszudehnen. Dadurch erst wird das Heranwachsen von Zwillingen ermöglicht.«

Frau Blum sah sie nicht mit dem von ihr erwarteten Interesse an, sondern mit Mißtrauen und Abneigung, als fürchtete sie, P. wolle umgehend an ihr eine gynäkologische Untersuchung vornehmen. P. entschuldigte sich und vermied von da an bei ihrem Gespräch alle Ausdrücke der Gynäkologie, sprach nicht von ›Fötus‹, sondern von ›Ungeborenen‹ und von ›Niederkunft‹, erwähnte dann aber doch, daß eine Art ›Überfruchtbarkeit‹ vorliegen müsse.

»Zwei Kinder auf einmal – Sie müssen doch überwältigt gewesen sein!«

Frau Blum schüttelte den Kopf. Nein, überrascht sei sie nicht gewesen.

Sie vermochte das, was sie damals empfunden hatte, nicht recht in Worte zu fassen. Soviel wurde P. aber klar: Jene Stunde des Glücks in Franzensbad war für sie so überwältigend gewesen, daß es Zwillinge hatten werden müssen! Ein einziges Kind als Ergebnis dieser überglücklichen Stunde wäre zu wenig gewesen.

Soweit hatte P. sie verstanden, war sogar ergriffen. Bis sie dann merkte, daß ihr noch etwas anderes in unbeholfenen Sätzen angedeutet wurde. ›Einmal und nie wieder.‹

Inzwischen wußte P., daß es bei dieser einen unehelichen Schwangerschaft geblieben war. Von ›Überfruchtbarkeit‹ konnte folglich nicht die Rede sein. Aber die Tatsache, daß Frau Blum nie wieder schwanger geworden war, mußte mit der Zwillingsniederkunft zusammenhängen. Gesprochen wurde im einzelnen nicht darüber.

Während sie an ihrer Kaffeemaschine hantierte, belehrte

sie P. in ihrem Werbe-Ton, daß man den besten Kaffee auf einem Herd koche, der mit Tannenzapfen geheizt würde.

»Im ›Klösterchen‹ tat man das, wenn es mal Bohnenkaffee gab.«

Sie rückte Aschenbecher und Pfeife beiseite; zum erstenmal kamen P. Zweifel, ob es diesen Herrn Blum, der von alledem ›nichts wissen durfte‹, überhaupt gab.

»Einmal und nie wieder!«

Frau Blum wiederholte den Satz und sah P. dabei, soweit ihr durch den Schnupfen entstelltes Gesicht es zuließ, bedeutungsvoll an. P. gab ihr durch Nicken zu verstehen, daß sie verstanden habe. Inzwischen war ihr nämlich der Hund von Freunden in den Sinn gekommen, eine kräftige, intelligente Hündin, schwarz mit weißen Pfoten. Im zweiten Lebensjahr hatte man sie decken lassen. Sie brachte mühsam neun Junge zur Welt, die sie säugte, leckte, hin- und herschleppte und die man ihr sämtlich wegnahm. Alle diese Vorgänge müssen bei ihr einen qualvollen Eindruck hinterlassen haben, denn von da an ließ sie keinen Rüden mehr an sich heran. War sie läufig, setzte sie sich auf der Treppe vorm Haus fest auf ihr begehrtes Hinterteil, fletschte die Zähne und verbellte alle Rüden, die sich winselnd näherten. Die Hündin hatte instinktiv zwischen Befruchtung und Geburt einen Zusammenhang hergestellt. Ein für einen Hund überraschender Lernprozeß.

Diese Überlegungen erwähnte P. natürlich nicht gegenüber Frau Blum.

Während sie Kaffee tranken, berichtete Zilla Blum von der Geburt der Zwillinge, wieder in ihrer kindlich-unschuldigen Ausdrucksweise. Die Niederkunft hatte in der vierunddreißigsten Woche der Schwangerschaft stattgefunden. Bei Zwillingen ist Frühgeburt die Regel. Sie selbst hatte ›im Trubel der Ereignisse‹ nicht damit gerechnet, daß es ›schon soweit war‹. Während der Monate der Schwangerschaft hatte sie zusätzliche Lebensmittelmarken erhalten. Die Ungeborenen schienen sich nach einigen Kämpfen in eine für die Geburt günstige Kopflage begeben zu haben. Die Niederkunft – das Wort ›Entbindung‹ vermied sie – habe, das behauptete sie auch jetzt wieder, in einem Bunker stattgefunden, eine Rote-Kreuz-Schwester habe sie vorgenommen. Dann hätten alle Glocken geläutet, sie habe vor sich hin gedämmert und sei eingeschlafen, bis dann erneut Wehen eingesetzt hätten. Die Rote-Kreuz-Schwester habe von ›Nachwehen‹ gesprochen, aber dann habe jemand gerufen: ›Gott der Gerechte, da steckt ja noch eins drin!‹, das wisse sie noch genau. Man hatte sie mitsamt dem Neugeborenen auf eine Bahre gelegt und in größter Eile durch die halbe Stadt bis in ein Lazarett getragen. Dort hatte ihr dann ein Feldunterarzt – in militärischen Rängen schien sie sich auszukennen – zur Seite gestanden. Vermutlich hatte er nichts weiter getan, als ihr zur Seite zu stehen. Seit seinem Studium wird er keine Entbindung mehr gesehen, geschweige denn vorgenommen haben. Immerhin hatte er ihr offenbar eine kleine wohltätige Narkose verschafft. An die zweite Entbindung erinnerte sie sich noch weniger als an die erste. Von Glockengeläut war nicht die Rede.

Bei Zwillingen handelt es sich immer um Sieger und Besiegte. Einer lebt auf Kosten des anderen. Der Gewichtsunterschied betrug 750 Gramm; Frau Blum gab das Gewicht an, als handele es sich um ein erprobtes Backrezept. Ein Vorentscheid war bereits getroffen: Einer würde überleben. Das erste Kind muß es seiner Mutter leichtgemacht haben, es ist ihr ›nur so aus dem Leib geschlüpft‹. (Diese Auskunft entsprach P.s Vorstellungen von der Person: Lebenslust, Anpassungsfähigkeit.) Von jenem Feldunterarzt mußte der Ausdruck ›Entweder die kommen durch, oder die kommen nicht durch‹ stammen. Mehrere Tage haben die beiden Neugeborenen eng beieinander in einem Korb gelegen, nicht viel anders als im Mutterleib, wieder bestand wohl die Gefahr, daß das stärkere das schwächere erdrückte. Die Prophezeiung des Militärarztes traf zur Hälfte ein: Eines der Kinder kam durch, das andere nicht.

Das hieß, gleichnishaft und in größerem Zusammenhang gesehen: Das eine Kind trat sein Lebensrecht und seine Lebenskraft an das andere ab. Welches Kind war das klügere? Die Welt, die ein Kind am 8. Mai 1945 erblickte, war derartig entmutigend, daß der eine der Säuglinge die Augen nur wenige Male öffnete, blinzelte, jämmerlich weinte, dann verstummte und sie nach wenigen Tagen endgültig wieder schloß. Niemand beklagte den kleinen Tod. Der allein zurückgebliebene Zwilling weinte leise und anhaltend vor sich hin. Die Muttermilch hätte für die Ernährung zweier Säuglinge nicht ausgereicht, die Fähigkeit der jungen unwissenden Mutter, zwei Säuglinge zu versorgen, ebenfalls nicht.

(Der Versuchung, das ungelebte Leben des zweiten Kindes aus seinen Determinanten mutmaßlich zu entwickeln, widerstand P. erfolgreich.)

Das Wunder der Zwillingsgeburt verschaffte der jungen Zilla Amend zunächst eine Reihe von Vorzügen. Auf der Bühne war sie kein Star gewesen, aber ihre Rolle im Leben spielte sie gut. ›Junge, hilflose Mutter von Zwillingen‹, das lag ihr, damit erweckte sie Mitgefühl und Bewunderung. Beides äußerte sich vor allem in Gefälligkeiten und Spenden. Man brachte ihr Babywäsche. Sie erinnerte sich genau, daß sie zwölf Wollmützchen besaß, fünf Milchfläschchen, zehn Schnuller. Passau war von Luftangriffen und Artilleriebeschuß weitgehend verschont geblieben, Windeln gab es mehr, als man so bald wieder würde gebrauchen können. Das Wichtigste aber war, daß sie Lebensmittelmarken für zwei Kleinstkinder und eine stillende Mutter erhielt. Um das zu erreichen, hat sie dem Standesamt zwar die Geburt der Zwillinge, aber nicht den Tod des einen gemeldet.

Wieder faßte Frau Blum das Weltgeschehen mit ›Trubel der Ereignisse‹ zusammen.

»Sind die Zwillinge getauft worden?« erkundigte sich P.

»Nein«, antwortete sie. »Warum?«

Die junge Mutter hatte zunächst an eine solche Möglichkeit oder Notwendigkeit wohl nicht gedacht. Es wurde keine Nottaufe vorgenommen, was im gutkatholischen Passau überraschend ist. Der kleinere Zwilling hat sich reinen Herzens davongemacht. Seine Existenz ist kaum wahrgenommen worden. Das andere Kind, ›das Kerlchen‹, hatte später noch reichlich Gelegenheit, getauft zu werden. So ähnlich drückte es seine Mutter aus.

P.s Frage, wo der verstorbene Zwilling begraben liege, konnte sie nicht beantworten. Da sie nur mit einem einzigen Kind gerechnet hatte, hat sie das andere, flüchtig anwesende, nicht in ihr Bewußtsein aufgenommen.

Mit Hilfe der doppelten Milchration war ›das Kindchen‹ rasch und sichtbar gediehen und hatte weiterhin auf Kosten des schwächeren Zwillings gelebt.

»Und dann?« fragte P. »Wie ist es weitergegangen? Sie konnten doch nicht in dem Lazarett bleiben?«

»Dann kam das Klösterchen.«

5

Frau Blum war aufgestanden und hatte das Zimmer verlassen, um sich eine Packung Papiertaschentücher zu holen. Während ihrer Abwesenheit sah P. sich um und entdeckte dabei neben einem kleinen unaufgeräumten Sekretär ein viereckiges Stück Papier, das an die Wand geheftet war. Die Schrift war verblaßt, aber noch lesbar. ›Sunt lacrimae rerum.« Ein Satz, den man in dieser Umgebung nicht vermutet hätte.

P. stand ratlos davor, als Frau Blum zurückkam.

»Das stammt von ihm«, sagte sie, »er hat es mir gegeben, als wir spazierengingen.«

»Damals, an der Eger? Warum sagen Sie mir das erst jetzt? Ich habe Sie doch schon mehrmals nach etwas Handgreiflichem gefragt!«

»Sind Worte denn etwas Handgreifliches?«

Die Frage war klüger als die Fragerin.

»Ich weiß sogar, was es auf deutsch heißt«, sagte sie.

»Wirklich?« fragte P. »Der Satz ist schwer oder zumindest nur ungenau übersetzbar.«

»Alles löst sich in Tränen auf!« sagte Frau Blum.

»›In allem sind Tränen!‹ könnte man es auch übersetzen«, entgegnete P.

Immer wieder gab es Augenblicke, in denen diese Zilla Blum mädchenhafte, fast poetische Züge annahm, die P. rührten. Jahrzehntelang hatte sie dieses Stück Papier dort, wo sie eine Weile bleiben wollte, an die Wand geheftet, nicht hinter Glas und nicht in eine Schachtel verpackt. Kaum einer dürfte sie nach der Bedeutung des lateinischen Satzes gefragt haben, ihre Eltern gewiß nicht und Herr Blum vermutlich ebenfalls nicht.

»Eine schöne Handschrift!«

Mit dieser Bemerkung bezweckte P. zunächst nicht mehr, als Frau Blum eine Freude zu bereiten. Sie nickte und sagte, daß sie damals in Passau die Schrift von einem Graphologen habe deuten lassen, weil sie doch sonst nichts von dem Vater ihres Kindes gewußt hätte...

Es stellte sich heraus, daß Zilla Blum im Sommer 1945 diesen Zettel auf dem Schwarzmarkt in Passau einem Mann gezeigt hatte, der mit graphologischen Gutachten handelte. Er hatte für ein ›Gutachten‹ mindestens eine beschriebene Seite verlangt, möglichst mit Unterschrift. Der angebliche Graphologe scheint nicht sehr gebildet gewesen zu sein; Zilla hatte ihm erklären müssen, daß es sich bei dem Satz um Latein handelte. ›Eine tote Sprache. Ohne Unterlängen, ohne Unterschrift‹, hatte er gesagt. ›Womit wollen Sie das überhaupt bezahlen? Das kostet einiges.‹

Zilla zahlte mit Butter. Sie lebte damals schon im ›Klösterchen‹; es wird sich also eher um den Sommer 1946 gehandelt haben. Sie war mit dem Milchauto nach Passau gefahren.

»Butter?« fragte P. »Und wieviel?«

»Ein Klumpen.«

Sie zeigte mit den Händen eine Größe, die wie ein Klumpen Gold zu werten war, ein Pfund mindestens.

Daraufhin hatte der Mann sich den lateinischen Satz noch einmal angesehen, das Papier gegen das Licht gehalten, gedreht und gewendet, hatte zustimmend genickt, ›erstaunlich‹ und ›sehr aufschlußreich‹ gesagt, ›außer im Lehrbuch nie zu sehen bekommen‹ und: ›Eine bedeutende Person! Der Anlage nach. Dieses Großräumige, dieses Geschlossene bei allem Schwung!‹ Einige Tage später hatten die beiden sich wieder getroffen, hinterm Chor der St. Paulskirche vermutlich. Es wurde dort eine Expertise, die sich sehen lassen konnte, gegen einen Klumpen Butter, der sich ebenfalls sehen lassen konnte, getauscht.

Frau Blum mußte lange in ihren Schubladen suchen, fand dann aber das Blatt, vergilbt, mehrfach geknickt, mit Maschinenschrift beschrieben. Der schriftkundige Mann aus Passau hatte sein Gutachten wohlweislich nicht unterzeichnet. Der Klumpen Butter scheint seinen Blick verklärt zu haben. Was P. da zu lesen bekam, war die graphologische Deutung eines Menschen, mit dem man jeden Intendantenposten, jedes Kulturdezernat hätte besetzen können. Es fehlte nicht an Hinweisen auf eine ›künstlerische Begabung‹, die sogar mit ›hohem Verantwortungsgefühl und Besonnenheit gepaart‹ war; ein ›ernst zu nehmender Gestaltungswille‹, ›ein analytischer Geist‹; der Hinweis auf ›Temperament und Leidenschaftlichkeit‹ deutete dezent auf sexuelle Fähigkeiten hin.

Nur die Sorge, daß sie sie mit ihrer Erkältung anstecken könnte, hielt P. davon ab, den Arm um Zilla Blum, geborene Amend, zu legen. Sie machte sich ein paar Notizen und ermunterte Zilla dann, ihr, wie es vereinbart war, von dem ›Klösterchen‹ zu berichten.

Die ersten Monate nach ihrer Niederkunft hatte Zilla noch in Passau verbracht, wo sie ›Zuflucht‹ fand, wie sie es ausdrückte. Bei der Schauspieltruppe hatte sie ihre Kostüme selbst genäht, hatte also ein wenig Übung im Schneidern, und so nähte sie aus Gardinen und eingefärbten Bettüchern für die Passauerinnen Kostüme, Kleider konnte man es wohl kaum nennen. Wenn die Frauen sie nach dem Vater ihres Kindes fragten, traten ihr Tränen in die Augen. Dieser Kummer war aber nicht gespielt; sie war wirklich bekümmert und mutlos. Was sollte aus ihr und dem Kind werden?

Man wird angenommen haben, daß ihr Mann oder Verlobter gefallen sei. Sie war keine Frau, die sich allein durchs Leben bringen konnte. Ihr wahres Zuhause scheint die Theatertruppe gewesen zu sein.

Eines Tages, es muß Ende September gewesen sein, sie erwähnte mehrmals die Apfelernte, hat sie dann ihr Kind in eine große Tasche gepackt, auch alles, was es besaß, die Fläschchen und Schnuller und Mützchen, und ist in der Dämmerung dorthin gegangen, wohin junge ledige Mütter schon immer gegangen sind: an die Pforte eines Klosters. Sie hat die Tasche mit dem warm eingepackten, schlafenden Kind an der Klosterpforte abgestellt. Sein Name stand, mit verstellter Handschrift geschrieben, auf einem Zettel, den sie in eines der Mützchen geschoben hatte. Sie hatte die Absicht, zum Bahnhof zu gehen und zu ihren Eltern nach Krefeld zu fahren. Aber sie wurde vorher überrascht. Schwester Josepha, ein Name, den sie gern und immer wieder nannte, kam mit einem Korb voller Äpfel aus dem Obstgarten des Klosters und nahm wohl an, die junge Frau wolle etwas eintauschen. Ungefragt warf sie ein paar Äpfel in die Tasche, woraufhin das solcherart bombardierte Kind anfing zu weinen. Welche Nonne könnte den Tränen eines Kleinkindes widerstehen? Die junge Mutter fing ebenfalls an zu weinen. Ihr Plan war gescheitert. Ein zweites Mal würde sie ihn nicht ausführen können. Mutter und Kind haben sich in das Kloster hineingeweint, anders ist es nicht zu erklären. Man behielt beide dort, für mehrere Jahre.

›Wer ein solches Kind aufnimmt in meinem Namen!‹ Man hätte das Jesuskind nicht liebevoller empfangen können. Zilla erhielt eine Kammer im Klosterhof zugewiesen. Man betrieb dort eine kleine Landwirtschaft mit Ziegen, Schafen, Gänsen und Hühnern. Es gab auch einen großen Gemüse- und Obstgarten, Arbeit genug für eine junge Frau und ausreichend zu essen für sie und ihr Kind.

P. hatte die Landkarte von Passau und Umgebung mitgebracht und breitete sie vor Frau Blum aus, die mit dem Zeigefinger das Donautal und das Inntal absuchte. Zunächst behauptete sie, das ›Klösterchen‹ hieße ›Mariahilf‹, aber schon P.s Frage, ob es nicht ›Mariazugnaden‹ gewesen sein könne, veranlaßte sie wieder, ›bestimmt‹ zu sagen. Sie fuhr weder Auto, noch wanderte sie und war folglich nicht kundig im Kartenlesen. Als P. die Karten nach Norden einrichtete, um ihr die Orientierung zu erleichtern, geriet Zilla Blum vollends in Verwirrung, konnte dann aber doch einige brauchbare Ortsangaben machen. Sie sprach von einem Wiesenhang, von einem großen Wald, der hinter dem Kloster anfing, und sagte, in einer Stunde sei man mit dem Fahrrad an die Donau gelangt. »Bestimmt. Das weiß ich genau!« Wenn sie dazu ein Fahrrad benutzt hatte, mußte es folglich eine Straße geben, die vom Klösterchen zum Fluß führte. Und mehr als zehn Kilometer wird sie mit dem Kind, das sie sich zunächst auf den Rücken band, später auf den Gepäckträger setzte, nicht zurückgelegt haben. Es mußte sich also tatsächlich um das Kloster ›Mariazugnaden‹ gehandelt haben, etwa zehn Kilometer von der Donau entfernt. Zilla ist damals oft im Fluß geschwommen, das Kind saß auf ihrem Rücken wie auf einem Delphin. Sie hat es im Fluß gebadet, hat im Ufersand und im Schilf mit ihm gespielt. (Dort hatte also die Liebe zur Donau ihren Ursprung.) Zilla hat ihr Kind immer ›das Kerlchen‹ genannt oder ›mein Kindchen‹, es steckte ja noch in Strampelhöschen, nichts war entschieden. Als sie feststellte, daß die Nonnen mit Bewunderung und Heiterkeit ›Was für ein prachtvoller kleiner Kerl!‹, ›Was für ein entzückender Junge!‹ sagten, das Kindchen also auf das männliche Geschlecht festlegten, korrigierte sie den Irrtum nicht, im Gegenteil, sie nähte und strickte ihm Hosen. Ein winziger Mann zwischen den schwarzgewandeten Klosterfrauen. Ein brauner Lockenkopf zwischen weißgeflügelten Hauben. ›Wie das Jesuskind!‹

Zillas schauspielerisches Talent reichte aus, um rasch das Kreuzschlagen zu lernen, im rechten Augenblick aufzustehen oder in die Knie zu sinken; ihre Frömmigkeit hatte nur brachgelegen, schließlich stammte sie aus dem Rheinland. Als die Äbtissin besorgt nachfragte, ob der Junge getauft sei, hatte Zilla ihr mitleiderweckendes Unschuldslächeln aufgesetzt und den Kopf geschüttelt; am darauffolgenden Sonntag wurde das Kind getauft. Der Ortsgeistliche, der die Kasualien im Kloster vornahm, hatte dem Kind als zusätzlichen Namen den Namen des Schutzpatrons gegeben, des Hl. Simon. Der 28. Oktober demnach. Simon der Eiferer. Dieses Attribut hatte für das Kind weder Geltung noch Auswirkung; ein Eiferer ist es nicht geworden. Spätestens bei der Taufe hätte Zilla angeben müssen, daß es sich bei dem Täufling um ein Mädchen handelte. Sie hat es unterlassen, hat sogar die falsche Geburtsurkunde vorgelegt. Sie hielt das Geschlecht nicht für wichtig.

»Es war doch noch ein Kind«, sagte sie entschuldigend.

Während Frau Blum erzählte, tauchten Erinnerungen in ihr auf: Wiesen voller Märzbecher. Die geschotterte Straße, die zur Donau führte. Die Äbtissin, deren Namen sie nicht wußte, vermutlich, weil man sie nur mit ›Ehrwürdige Mutter‹ angeredet hatte. Frau Blum stellte sich breitbeinig vor P. hin, in ihrem geblümten Kleid, und spielte die Äbtissin, verlagerte ihr Körpergewicht vom einen auf das andere Bein, abwägend, überlegend, bedenkend: Was sollen wir mit euch tun?

Wenn P. Frau Blum Glauben schenken konnte, wozu sie sich entschlossen hatte, lebten damals etwa zwanzig Ordensfrauen ständig in dem ›Klösterchen‹. Ob die Nonnen während der nationalsozialistischen Diktatur der Verfolgung ausgesetzt waren, wußte sie nicht zu sagen, unter Entbehrungen hatten aber auch sie zu leiden gehabt. Es herrschte in den ersten Nachkriegsjahren in dem Kloster ›Mariazugnaden‹, das nicht weit von der bayrisch-österreichischen Grenze entfernt lag, keine klösterliche Stille. Es wurden heimkehrende Soldaten und aus dem Osten vertriebene Menschen im Klosterhof betreut. Es trafen Ordensschwestern aus aufgelösten Klöstern ein, aus Ungarn, dem Banat, dem Sudetenland, aus Oberschlesien, sie blieben kurze Zeit, um dann zu anderen Klöstern weiterzureisen. Die Nonnen eilten ruheloser, als es die Regeln – vermutlich die des Heiligen Benedikt – befahlen, durch die Gänge; die Glocke, die zum Stundengebet rief, wurde hastiger geläutet, erst der Blick zum Altarkreuz besänftigte die aufgescheuchten Frauen. Das Kindchen muß den Lufthauch gespürt haben, der es traf, wenn die weiten Gewänder an ihm vorüberrauschten. Es hat sich an die Mauern gedrückt, ist aber oft auch hinter den Schwestern hergelaufen, was keine ihm untersagt hat, es störte niemanden, ein stilles, heiteres Kind, das den Psalmen lauschte. Wem hat das Abhören von Dank- und Bittgebeten je geschadet?

›Et misericordia tua subsequetur me / omnibus diebus vitae meae.‹ Dein Erbarmen folgt mir alle Tage meines Lebens. Das drang dem Kind durch die Poren.

(›Dein Erbarmen folgt mir alle Tage meines Lebens‹ – P. hat diesen Satz aus dem 22. Psalm später aus Amends Mund gehört, allerdings lateinisch.)

Nichts verstand das Kind, es spürte nur und nahm auf. ›Omnibus‹ hörte es, immer wieder ›omnibus‹. (War es ein Wunder, daß Amend später unbesorgt in Omnibussen reiste, gelassen in Abgründe schaute, wo in der Tiefe ausgebrannte Autos lagen, niemals ein Omnibus?)

›Dominus regit me.‹ Der Herr ist mein Hirte. Noch sang man in den Klöstern den Psalter nicht in deutscher Sprache. Die lateinische Sprache hat Amend auch später nicht befriedigend erlernt, wohl aber die Tröstungen der Psalmen erfahren. In aeternum. Die Ewigkeit als Zeitmaß.

Dieses braunlockige Kind, dem die Mutter wohlweislich die Haare kurz hielt – was von den Ordensfrauen bedauert wurde –, hat alle die Klostergerüche eingeatmet, Weihrauch und Wachs, Buchsbaum und Lilienduft, hat, sobald es gehen gelernt hatte, im Grasgarten Falläpfel in Körbe gesammelt. Es hat mit dem Rosenkranz einer gerade verstorbenen Nonne gespielt, hat die Perlen gerieben, die unter den Fingern warm wurden, und hat versucht, den Kopf durch die Kette zu stecken, wobei die Schnur zerriß, so daß die Perlen von der Mutter heimlich wieder aufgeschnürt werden mußten. ›Das Kerlchen‹ zeigte also durchaus ursprüngliche, mädchenhafte Züge. An einem Winternachmittag muß Zilla mit ihrem Kind an die Donau gefahren sein, auf der Eisschollen dahintrieben. Sie haben eine kleine flache Kerze auf eine vorübertreibende Eisscholle gesetzt und zugesehen, wie das Licht langsam davonschwamm und in der Dämmerung verschwand. Amend hat P. dieses Erlebnis in ähnlichen Worten später ebenfalls erzählt. (Wie sich überhaupt hier die Berichte der Mutter mit denen der ›Person‹ zu vermischen beginnen.) Am Palmsonntag hat Schwester Josepha im Klostergarten Thuja und Wacholderzweige geschnitten, und ›das Kerlchen‹ hat die Zweige am Bachufer in die frühlingswarme Erde gesteckt. Fast wörtlich steht dieser Satz bei Carossa. Auch die folgende Schilderung blieb P. haften: Wie Schwester Josepha, die auch die Tiere betreute, mit ihrem dicken Zeigefinger durch die gefüllten Milchschüsseln fuhr, eine breite Milchstraße hinterließ und dem Kind den sahnetriefenden Finger zum Ablecken in den Mund schob. Wenn sie Honig schleuderte, steckte sie den Finger in die Waben und ließ ›das Kerlchen‹ den Honig schlecken. Es rundete sich zum Putto. So, wie seine Mutter ihn schilderte, hätte man ihn auf das steinerne Geländer von

Schloß Mirabell in Salzburg stellen können, ohne daß jemand einen Unterschied zu den anderen Putten hätte entdecken können.

Ein Kloster als Brutstätte! Das Kind läuft von einer Nonne zur anderen, wird aufgefangen, steckt sein Gesicht in die Röcke, hält sich an unsichtbaren Beinen fest wie an Säulen. Die Glocke, die zu den Stundengebeten ruft, läutet in das Unterbewußtsein des schlafenden, träumenden Kindes. Es atmet Frömmigkeit ein und: es lernt die Vorzüge kennen, als kleiner Junge zwischen Frauen zu leben.

Eines Abends wurde das Kind versehentlich in der Sakristei eingeschlossen, in der der Pfarrer seine Meßgewänder an- und ablegte. Keine wertvollen, aber doch kostbare und immer wieder von der alten Schwester Agatha gestopfte Gewänder. Man hat ›das Kerlchen‹ lange gesucht, allerdings ohne große Besorgnis, weil es weder durch die Pforte noch über die Klostermauern gelangt sein konnte. Man würde es schon irgendwo wiederfinden, im Heuschober oder im Stall bei den Ziegen. Schwester Agatha fand es dann in der Frühe, selig unter der Casula, dem Meßgewand, schlafend. Wie in einem ›Häuschen‹ oder einem ›Hüttchen‹: das Wort Casula hatte seine ursprüngliche Bedeutung wiedererlangt. Die Nonnen, von Schwester Agatha leise herbeigeholt, bestaunten das rührende Bild. Alle sahen, daß das Kind genauso groß war wie das aufgestickte Kreuz, unter dem es lag. Ein kleiner Kreuzritter! Eine der Nonnen sprach dies auch aus und wurde dafür von der Äbtissin gerügt. Eine Geschichte, die sich sogar aus dem Mund der Zilla Amend anhörte wie eine Legende.

Eines Tages kam dann ans Licht, daß es sich bei dem Kind nicht um einen Jungen, sondern um ein Mädchen handelte. Man sprach von Betrug, Lüge und getäuschtem Vertrauen. Zilla versicherte mit glaubwürdiger Unschuld: »Ich wollte Sie nicht enttäuschen«, und dann sagte sie noch etwas für

Amends Entwicklung Wichtiges: »Das Kind ist ja noch ein Unschuldsengel!« und stellte die Frage: »Sind Engel männlich oder weiblich?«

(Ein Thema, über das P. sich später mit Amend lange unterhielt, wieso man sich Gott männlich vorstellt, obwohl doch nichts in seinem Wesen ist, das dies voraussetzt.)

Es ist nicht anzunehmen, daß Zilla Amend die Klosterfrauen hatte täuschen wollen. Aber sie mußte zusehen, daß sie sich und ihr Kind durchbrachte. Man redete ihr ins Gewissen. Das bedeutete in ihrem Falle: Man redete ins Leere. Vor allem die alte Schwester Josepha muß lange auf Zilla eingeredet haben. Sie hat ihr und ›dem Kerlchen‹ beim Abschied das Kreuzesmal auf die Stirn gezeichnet und dem Kind den Rosenkranz mitgegeben, den Amend heute noch besitzt.

Amend hatte aus den Klosterjahren eine Erkenntnis, die weit über sein Alter hinausging, mitgenommen: Es gibt nicht den ›lieben Gott‹, wohl aber einen liebenden Gott. Als P. einige Wochen später mit Amend durch den Kölner Dom ging und sie vor dem Lochner-Altar stehenblieben, sagte er das, leichthin.

Nach der endgültigen Trennung voneinander, die wenig später erfolgte, weinten Mutter und Kind, jedes für sich. Diese Trennung wurde schnell vollzogen, und das war gut so. Nichts ist schlimmer als ein zaghafter Chirurg. Ein sauberer Schnitt, der gut verheilte, bei beiden. Mag sein, daß es Narben gegeben hat, die gelegentlich noch schmerzen. Der Außenstehende nahm und nimmt nichts davon wahr. Amend sagte bei jenem Rundgang durch den Kölner Dom: »Ich bin über Dreißig. Sollte ich meiner Mutter jetzt noch Vorwürfe machen? Ich hatte inzwischen genug Gelegenheit, ihre Fehler zu korrigieren.« (Was für ein Ausspruch im Zeitalter der Elternschelte, der Umweltbeschuldigung!)

Die Trennung des Kindes von seiner Mutter erfolgte

frühzeitig, aber doch nicht zu früh. Mehr konnte Zilla nicht für ihr Kind tun. Seine geistige Entwicklung hätte sie ebensowenig fördern können wie seine körperliche, wozu geldliche Mittel notwendig gewesen wären. Sie ließ ihr Kind im Stich, so mag es ausgesehen haben. Eine gute Mutter ist durch niemanden zu ersetzen. Wohl aber eine schlechte Mutter, wie Zilla es unausbleiblich geworden wäre.

P. hatte zwischendurch an der Existenz des Herrn Blum gezweifelt und angenommen, Frau Blum hänge einen Herrenhut an die Garderobe, lege eine Tabakspfeife auf den Tisch, Requisiten eines Hausherrn, um sie zu täuschen. Aber dann hörte sie, wie die Etagentür aufgeschlossen wurde, hörte Männerschritte im Flur, und die Zimmertür wurde geöffnet. Ein nichtssagender Mann, was man wörtlich nehmen muß, zeigte sich in der Türöffnung. Er sah P. kurz an und winkte ab, als sie ihre Anwesenheit erklären wollte. Der Wink schien gleichzeitig als Begrüßung seiner Frau gedacht zu sein. Er verließ das Zimmer wieder, schloß die Tür hinter sich und ging in die Küche; man hörte das Klappern von Geschirr.

»Er kocht besser als ich«, sagte Frau Blum.

»Auf dem Bildschirm kochen Sie sehr gut«, sagte P.

»Kaffee«, antwortete Frau Blum, »eine gute Kaffeeköchin.« Und dann, in einer plötzlichen Aufwallung von Selbsterkenntnis: »Ich spiele immer nur alles. Gute Hausfrauen. Fröhlich Verschnupfte. Die Mutter meines Kindes, die gute Katholikin, sogar die Schauspielerin. Alles habe ich immer nur gespielt. Ich bin wie ein zu dünn geratener Teig –.«

Wieder eine überraschend kluge Äußerung. P. legte schwesterlich ihre Hand auf Zilla Blums Hand. »Sie sind erkältet«, sagte sie. »Eine Erkältung legt sich oft auf die Stimmung. Sie machen doch alles sehr hübsch. Sie wirken sehr überzeugend.«

Kaum hatte sie das gesagt, löste Frau Blums Schnupfen sich in Schluchzen auf, und das Schluchzen sich schließlich in Lachen. Ja, sie lachte plötzlich, lachte sich aus, lachte P. aus, lachte über dieses Leben, dieses lächerliche Leben und die Rolle, die sie darin spielte. P. erkannte das Lachen wieder. Mit dem gleichen Lachen hatte Amend bei ihrer ersten Begegnung gesagt: »Sie nehmen das alles viel zu ernst. Das Männerspiel, das Frauenspiel.«

6

Am späten Vormittag, wo sie ungern gestört wurde, klingelte bei P. das Telefon. Sie sagte kurz und wenig freundlich: »Ja, bitte?«

Als Antwort kam ein: »Hallo?«

Sie sagte noch einmal: »Ja, bitte?«

Ein weiteres Mal: »Hallo?«

Das ging mehrmals hin und her mit ›Ja, bitte?‹ und ›Hallo?‹. P. wollte den Hörer schon verärgert auflegen, als sie die Stimme erkannte.

»Sind Sie am Ende Amend?« Als Antwort kam ein Lachen.

Ihre Stimmung besserte sich sofort.

Amend rief von einer Telefonzelle an. Ob er (als Mann oder als Frau?) an P.s Wohnort zu tun hatte oder ob er ihretwegen gekommen war, blieb zunächst offen.

P. sagte: »Kommen Sie! Besuchen Sie uns!«

Neben ihr auf dem Büchertisch lagen, zum Teil aufgeschlagen, die Bücher über Passau, über Zwillingsforschung und über die Donau, auch das Meßbuch der römisch-katholischen Kirche und Platons ›Gastmahl‹. Sie klappte, noch während sie telefonierte, die Bücher zu und schob sie beiseite; sie würde das gesamte Material wegräumen müssen, falls Amend käme.

Aber Amend schlug von sich aus ein Treffen auf ›neutralem Boden‹ vor.

P. ging ins Arbeitszimmer ihres Mannes und fragte ihn, ob

er Lust habe, ›die Person‹ in Augenschein zu nehmen. Er lehnte ab; auch er wünscht vormittags nicht gestört zu werden. Seine Ablehnung war ihr recht, die Begründung für seine Ablehnung weniger. Da sie mit Amend einen Spaziergang im Park verabredet hatte, zog sie nur eine Jacke über, steckte Geld in die Tasche und setzte die Baskenmütze auf.

Sie sah ihn schon von weitem, rauchend, an das Brückengeländer gelehnt, in einer dieser amerikanischen Militärjakken, die wie Tarnjacken wirken. Amend als Mann.

Als er sie erkannte, verscharrte er mit dem Schuh die Zigarette im Kies und kam mit raschen Schritten auf sie zu, paßte sich dann aber, als sie weitergingen, ihrem langsameren Schritt an. Sie hatte sich ein paar Themen beziehungsweise Fragen zurechtgelegt, die sie unauffällig ins Gespräch bringen wollte.

»Haben Sie als Kind Türme gebaut?« Sie zeigte auf die Hochhäuser, die über die Parkbäume ragten und die ihr den Anstoß zu dieser Frage gegeben hatten. »Oder haben Sie als Kind Häuser nebeneinander gesetzt? Knaben bauen in die Höhe, Mädchen in die Breite.«

Noch während sie es sagte, kam ihr diese Theorie sehr vereinfacht vor; sie überlegte, welche anderen Tests ein Psychologe bei jemandem wie Amend wohl anstellen würde, dachte aber sofort, daß diese Frage müßig sei, er müsse sich keiner Analyse unterziehen, er stimme in sich, so wie ein Klavier ›in sich‹ stimmen kann, ohne auf den Kammerton a gestimmt zu sein, zum Zusammenspiel mit anderen Instrumenten dann allerdings ungeeignet. Der Vergleich gefiel ihr, schien ihr wichtig.

Inzwischen hatte Amend gesagt, daß er überhaupt keine Bauklötze zum Spielen besessen habe.

»Haben Sie sich bei Ihren zahlreichen Bewerbungen irgendwann einmal einem Test unterziehen müssen?« erkundigte sie sich daraufhin.

»So kommen Sie nicht weiter«, sagte er mit seinem schönen offenen Lachen, das sie auch später nie gekränkt hat. »Ich kenne so ziemlich alle gebräuchlichen Tests. Ich habe eine Zeitlang ein wenig Psychologie studiert. Gebrauchspsychologie.«

»Ein abgebrochener Psychologe?«

»Ich setze mich aus lauter Stümpfen zusammen. Aber Sie, Sie sind bestimmt ein Türme-Bauer gewesen. Ein Knabe demnach. Sie sehen heute noch aus, als brächten Sie gern Türme zum Einstürzen.«

Es spielte sich zwischen ihnen immer dasselbe ab. P. stellte Fragen, denen Amend auswich, indem er seinerseits fragte, und zwar so, daß sie bereitwillig ins Erzählen geriet. Auch diesmal erzählte sie von den schwarzen Dominosteinen ihrer Kinderzeit, dem großen Ausziehtisch im Eßzimmer ihres Elternhauses, von Bismarck, der im geschnitzten Eichenrahmen an der Wand hing, der Landesfürst daneben, von dem Klavier, an das ihr Vater sich immer dann setzte, wenn ihre Mutter zu Tisch gerufen hatte, von dem alten Fachwerkhaus unter dem jahrhundertealten Nußbaum.

»Die Pfarrhäuser auf dem Lande!« sagte Amend. »Selbst ein Mann wie Gottfried Benn ist sein ganzes Leben lang jemand geblieben, der in einem pommerschen Pfarrhaus aufgewachsen ist.«

Als sie nach einer Stunde das Parktor erreichten – sie hatten in dieser Zeit den kleinen See in angeregtem Gespräch zweimal umrundet –, sagte P.: »Adieu. Vielleicht sehen wir uns bald wieder.«

Amend hielt ihre Hand fest. »Ich hatte gehofft, daß Sie mich zum Essen einladen würden.«

P. zögerte zunächst, wünschte aber nicht, daß er sie für schwerfällig oder abhängig hielt, und erklärte sich dazu bereit. Sie suchten die nächste Telefonzelle auf, von wo aus P. ihrem Mann Bescheid geben wollte. Sie fragte ihn, ob er mitkommen wolle zum Essen. Er lehnte erneut ab. »Behalte deine monokline Person für dich!«

P. gab ihm einige Ratschläge, wie er sich sein Mittagessen selber zubereiten könne.

Als sie aus der Telefonzelle trat, sagte Amend: »Nun, was meint Ihr Eigentümer? Holt er sich was aus dem Kühlfach?«

P. winkte ab.

»Sie haben mir soeben Ihre Unabhängigkeit von diesen kleinen häuslichen Dingen bewiesen. Mehr wollte ich eigentlich nicht wissen. Sie müssen nicht mit mir zum Essen gehen. Ich habe eine Tafel Schokolade in der Tasche.«

›Unverschämt!‹ dachte P. ›Eine Ungezogenheit! Jetzt habe ich alles arrangiert, und er will überhaupt nicht mehr mit mir zum Essen gehen.‹

Aber dann sagte er lachend: »Gehen wir trotzdem!«

P. war wieder versöhnt. Während sie auf ihre Suppen warteten, fragte sie ihn nach einem Kinderbild.

»Damit kann ich nicht dienen«, antwortete er. »Ich bedauere. Dabei war ich doch sicher ein reizendes Kerlchen. Das müssen Sie mir glauben, beweisen kann ich es nicht.«

Bei dem Wort ›Kerlchen‹ zuckte P. zusammen. Die Tatsache, daß es kein Kinderfoto von ihm gab, schien ein weiteres Zeichen für eine gestörte Kindheit zu sein, wenn man bedachte, wie viele Kinderbilder andere Leute besaßen.

»Es genügt mir auch ein anderes Bild«, sagte P. dann, »irgendein Foto, auch ein gewöhnliches Paßbild.«

»Wissen Sie, daß ich einmal als Fotomodell gearbeitet habe, allerdings als weibliches?« antwortete Amend. »Möbelbranche. Speziell Sitzmöbel. Ich brauchte nur zu sitzen, korrekt oder bequem und lässig. Manchmal stand ich auch und beugte mich über meinen Partner. Ich könnte Ihnen einen ganzen Stoß Prospekte zuschicken. Ich vermittelte ein neues lockeres Wohngefühl. Ich bin jemand, der Wohnräume erst so richtig behaglich macht.«

»Mir geht es um Ihr Gesicht. Nicht um Ihren Körper.«

Amend sah sie eindringlich an. »Wirklich?«

»Wirklich!« antwortete P. und spürte, wie ihr das Blut ins Gesicht stieg.

Aus einer der vielen Taschen seiner Jacke zog Amend einen Umschlag, entnahm ihm ein Foto und reichte es P. Ohne einen Blick darauf zu werfen, steckte sie es in ein Seitenfach ihrer Geldtasche.

Während des Essens sprachen sie wenig. Amend war offensichtlich hungrig, aß rasch, aber mit Behagen, sagte zwischendurch: »Sie Arme, Sie sind nicht hungrig und müssen trotzdem essen!«

Erst als sie den Kaffee vor sich stehen hatten und P. die ihr angebotene Zigarette anzündete, um nicht den Eindruck einer Nichtraucherin zu erwecken, stützte Amend beide Ellenbogen auf den Tisch und reckte seine Finger wieder wie Wurzeln in die Luft.

»Einen Hungrigen soll man nicht zur Rechenschaft ziehen. Jetzt stehe ich Ihnen zur Verfügung.«

Noch einmal setzte P. ihm auseinander, was sie ihm bei ihren ersten Begegnungen schon klarzumachen versucht hatte: »Es geht mir um die Sache, um das Phänomen, weniger um die Person.«

»Schade!« sagte er. »Ich hoffe immer noch, Ihr Interesse an meiner Person zu wecken.«

P. spürte, wie ihr erneut das Blut ins Gesicht stieg, was ihr nicht mehr oft passierte. Diese Person verwechselte immer wieder ihr Interesse, das literarischer Natur war, mit persönlicher Zuwendung. Der Grund lag vermutlich bei ihr selbst, weil sie die Trennungslinie nicht deutlich genug gezogen hatte. Sie ließ sich auf seine Art des Flirts ein.

Ohne Ankündigung spielte sie ihren höchsten Trumpf aus, den sie seit kurzem in der Hand hielt. »Wissen Sie überhaupt, daß Sie ein Zwilling sind?«

Amend lachte wieder sein weites, offenes Lachen. P. erinnerte sich nicht, je bei einem Menschen, der lachte, das rosige Zäpfchen in der Kehle gesehen zu haben, als ob er Rachenkatarrh habe und ›A‹ sage, um sich in den Hals schauen zu lassen. Sie blickte in sein Inneres, was sie so ablenkte, daß sie seine Antwort nicht verstand und nachfragen mußte.

»Wie hätte ich ohne meine beiden Geburtsurkunden durchkommen sollen?« wiederholte er. »Viel hat mir meine Mutter nicht hinterlassen, aber diese beiden Dokumente waren eine großartige Erbschaft. Zwei brauchbare, unanfechtbare Geburtsurkunden, das hat so leicht kein anderer.«

Er beugte sich über den Tisch, sprach leiser, mit verschwörerischer Stimme.

»Was hätte ich zum Beispiel tun sollen, als ich den Musterungsbescheid erhielt? Das ist sehr wichtig für Ihre Geschichte.«

P. lehnte sich zurück, als wollte sie sich von ihm distanzieren. Man kannte sie in dem Restaurant; sie fühlte sich beobachtet.

Amend sprach unaufgefordert weiter: »Ich füllte den Fragebogen zur Wehrerfassung gar nicht erst aus. Ich zog mir auch nicht etwa Kleider an, ich fuhr, wie ich war, in Jeans also, zum zuständigen Kreiswehrersatzamt. Damals trug ich die Haare bis auf die Schultern. Man hielt mich deshalb, ohne erst nachzufragen, für einen Kriegsdienstverweigerer und behandelte mich entsprechend. Dabei ist die Verweigerung ein Grundrecht des Bürgers und der Ersatzdienst – damals sprach man noch nicht von ›Zivildienst‹ oder ›Friedensdienst‹ – als dem Wehrdienst gleichwertig anerkannt. Ich erklärte das, gut formuliert, dem zuständigen Beamten und machte ihn darauf aufmerksam, daß in dem einen Falle von ›Wehrpflicht‹ und im anderen Fall von ›Kriegsdienst‹ die Rede sei. Rein vom Sprachlichen her! Ich interessierte mich damals gerade für Linguistik. Ich schloß meine Erklärung mit ›Am stärksten ist der Waffenlose!‹ ab. Die meisten Kriegsdienstverweigerer bereiten sich zu schlecht vor. Ich war eher zu gut vorbereitet. Der Beamte wollte mich nicht einmal ausreden lassen. Er machte mehrere Versuche, mich zu unterbrechen, was ich ihm aber nicht gestattete. Verbal war ich ihm überlegen. Als ich dann gesagt hatte, was ich mir zu sagen vorgenommen hatte, legte er die Hände flach auf den Schreibtisch, was nichts Gutes verhieß. Ich zog also rasch meine Geburtsurkunde aus der Tasche und hielt sie ihm hin. Er starrte auf die Urkunde, dann auf mich. Ich lachte mein Mädchenlachen. Verblüfft sagte er: ›Marion? Das ist doch ein Mädchenname!‹ Er wiederholte den Satz sogar, sah auf die Karteikarte und auf den Musterungsbescheid. ›Hier steht aber Mario!‹ Ich zuckte mit den Schultern. Er zwang sich zur Ruhe, lehnte sich zurück, so wie Sie es jetzt tun, und fragte gereizt: ›Warum haben Sie das nicht gleich gesagt?‹ Ich erklärte ihm höflich, daß ich schließlich einen Musterungsbescheid erhalten hätte. Er schluckte einige dicke Brocken hinunter, nahm mir den Musterungsbescheid aus der Hand und sagte: ›Sie hören wieder von uns.‹ Aber ich hörte nichts mehr. Ich bin seither nicht mehr erfaßt.«

P. gab sich Mühe, mit ruhiger Stimme zu sagen: »Mit anderen Worten: Sie haben unserem Staat sogar den Ersatzdienst verweigert.«

»Hätte! Konjunktiv!«

Er dämpfte wieder die Stimme, so daß P. sich über den Tisch beugen mußte, um ihn zu verstehen. Sie wollte verhindern, daß man an den Nachbartischen zuhörte.

»Außerdem könnten Sie mich jetzt nicht mehr verraten«, flüsterte er. »Die Altersgrenze für Wehrpflichtige liegt bei fünfunddreißig Jahren, und diese Grenze werde ich demnächst unauffällig überschreiten.«

Dann ging er doch noch zum Angriff über.

»Im übrigen verweigern alle Bundesbürger weiblichen Geschlechts dem Staat jeden entsprechenden Ersatzdienst.«

»Ich bin durchaus Ihrer Meinung«, sagte P. »Die jungen Frauen könnten die Zeitspanne, in welcher der Mann als Soldat dienen muß oder Ersatzdienst leistet, wenigstens zum Austragen eines Kindes benutzen.«

»Meinen Sie das im Ernst? Kinder sind ein Privatvergnügen und keine Staatsangelegenheit.«

»Könnten wir uns auf ein ›Privatvergnügen, das dem Staat dienlich ist‹ einigen? Man müßte den jungen Frauen eine Art von Sold zahlen.«

»Und sie kasernieren? Vielleicht in Frauenhäusern? Das klingt nach Nazi-Zuchtanstalten. Oder nach chinesischen Verhältnissen. Zwei Kinder pro Ehepaar. In unserem deutschen Falle dürften es nicht weniger, im Falle Chinas nicht mehr sein.«

Sie hatten sich von ihrem Thema weit entfernt. P. hatte mit Amend über seine Zwillingsherkunft reden wollen, und jetzt sprachen sie über China! Sie drückte die Zigarette aus, fühlte sich abgespannt, rieb sich mit beiden Händen das Gesicht. Man sah ihr wohl die Müdigkeit an, denn Amend griff nach ihren Händen, zog sie ihr vom Gesicht, hielt sie fest, sah sie ernst und liebevoll an und – sagte nichts.

Von diesem Augenblick an wußte P., daß es ihr nicht wichtig war, daß es überhaupt für niemanden wichtig war, ob diese Person ein Mann oder eine Frau war. Ein liebenswürdiger Mensch saß ihr gegenüber mit anderen, mit jüngeren Erfahrungen.

Laß es gut sein, dachte sie.

7

Wenig später trafen die Horoskope der Passauer Zwillinge ein. Dreizehn engbeschriebene Seiten, dazu die beiden Tafeln: im magischen Kreis grüne und rote Dreiecke und Parallelogramme, für P. unverständliche Zahlen und Zeichen. Zwei ungleiche Lebens-Bilder. Hinweise, die hier nur in Auszügen wiedergegeben werden sollen. Vieles schien P. unzutreffend, anderes wieder von erstaunlicher, fast unheimlicher Übereinstimmung mit ihren bisherigen Beobachtungen.

Der Hersteller des Blindhoroskops (nach dem Anfangsbuchstaben seines Nachnamens hier K. genannt) hatte berücksichtigt, was P. außer acht gelassen hatte: Im Mai 1945 galt in Deutschland noch die im Krieg eingeführte Sommerzeit; die Geburtsstunden, die sie ihm genannt hatte, mußten also entsprechend berichtigt werden. K. handhabte seine Wissenschaft meist mit Vorsicht, gelegentlich auch mit Vorbehalten, oft aber doch auch leichtsinnig spekulierend. Ein auf Tag und Stunde zu stellendes Geburtshoroskop, schrieb er im Begleitbrief, gebe nur das Grundmuster des jeweiligen Lebens, gewissermaßen das Reservoir der Möglichkeiten, den Vorrat. ›Was davon aktualisiert wird, ist Sache des äußeren und inneren Lebenslaufs, wobei das Grundmaterial ebenso deformiert wie gestaltet werden kann, deformiert durch Milieu, Zufall und Fremdeinwirkung; gestaltet durch Willen und Einsicht, wenn wir mit diesen Begriffen jene Fiktion umschreiben, die Optimisten auch wohl verkürzt zum sogenannten freien Willen hochjubeln.‹

›Wichtig für die Aktualisierung des Grundmusters‹, hieß es dann, ›ist auch das Lebensniveau, auf dem sich die Anlagen verwirklichen können. »Glänzende Öffentlichkeitserfolge« bedeuten für einen Politiker die Karriere, für einen Penner den Freispruch vor Gericht, für den Handwerker die Wahl zum Obermeister. So zeigt das Geburtshoroskop Persönlichkeitstendenzen und Werte an, die vom Leben dann sozusagen ausgearbeitet werden, gemäß dem Satz: »Die Sterne zwingen nicht, sie machen nur geneigt.« Eine gewisse Persönlichkeitsfärbung, auch die subjektiven Grenzen einer Anlage, über die ein Mensch nicht hinausgelangen kann, werden durch ein solches Horoskop aber immerhin im Sinn eines oszillierenden Flecks bezeichnet: Niemand kann ganz aus seiner Haut!‹

Das Zwillingsthema erwies sich als überraschend ergiebig, auch für die Astrologie. Verschiedene Konstellationen des Aszendenten konnten sich ergeben. Ein Unterschied von Minuten konnte viel entscheiden, bedingt durch ›den schnell laufenden Mond‹. ›In dieser Verschiebung bei gleichbleibender Planetendynamik liegt das eigentliche, subtilexistentielle Problem der zweieiigen Zwillinge.‹

Es folgte dann die alte Astrologenweisheit, die P. bereits bekannt war: ›Zwillinge leben aus einem gemeinsamen Schicksalstopf.‹ Es bestünde zwischen ihnen eine Art unterirdische, seelische Symbiose, eine Aufgabenverteilung. Was der eine aus seinem Persönlichkeitsspektrum ins Verborgene zurücktreten lasse, stelle der andere sichtbar dar und umgekehrt. Der Persönlichkeitsschatten werde jeweils vom anderen gelebt. Deshalb sei nach astrologischer Erfahrung der Tod eines Zwillings für den Überlebenden vielfach ein schwerer Schock: Das vorher auf vier Schultern verteilte Schicksal müsse nun von zwei Schultern getragen werden; die hilfreiche Double-Funktion entfalle. Der eine werde künftig auch jenen Teil einbringen und mit aktualisieren müssen, den vorher der andere Zwilling stellvertretend verkörpert hat. Das bedeute für den zurückbleibenden oft einen zeitweiligen Verlust des angelernten Selbstverständnisses und ein unverhofftes Hineingestoßenwerden in eine erneute Identitäts-Suche, weil die gewohnte Rollenverteilung zusammengebrochen sei.

P. hätte K. natürlich mitteilen müssen, daß der andere Zwilling nur kurze Zeit gelebt hatte. In ihrer ersten Überraschung, als sie ihm aus Passau telegrafierte, hatte sie es versäumt. Sie hätte ihm, nachdem Frau Blum ihr nähere Angaben gemacht hatte, an denen sie nicht zu zweifeln brauchte, den neuesten Stand ihrer Ermittlungen durchgeben müssen.

Trotzdem! Für den, der Amend näher kannte, schien vieles zuzutreffen. Die Elternproblematik im Zusammenhang mit der Zwillingsproblematik ließ P. beiseite. Elterliches Fehlverhalten kam, da der Vater – wenn man die Zeugung außer acht ließ – nicht existierte, in diesem Falle nicht in Betracht.

Unter dem Stichwort ›Grundkriterien‹ standen Angaben wie: Aszendent Skorpion; Sonnenzeichen Stier; Medium coeli Löwe. Planetenballung Mond/Mars und Venus/Merkur. Aszendent: wäßriges Zeichen. Sonne: Erdzeichen. Planeten-Stellium: feuriges Zeichen. Was K. mit ›Grundkriterien bezeichnete, blieb für P. rätselhaft und geheimnisvoll. Sie selbst hatte kein astrologisches, sondern ein kindlich-zutrauliches Verhältnis zu den Sternen.

Aus den sogenannten ›Signifikanzen‹ griff sie lediglich jene Angaben heraus, die ihre eigenen Beobachtungen an Amend entweder bekräftigten oder aber in Frage stellten. Skorpion, das bedeutete: abgründige, leitbildhafte Leidenschaft mit Beherrschungstendenz. Stier: realistische Sicherung des eigenen Bestands.

Was K. über das ›Planeten-Stellium‹ schrieb, bestätigte

ihre persönlichen Vermutungen. Es verwies auf ein starkes Vorherrschen der Ausdruckssphäre, und in dieser wieder auf den erotischen beziehungsweise sexuellen Bereich und allgemein auf den des Spielerischen sowie auf die Lust am Darstellen. Erst in der Verbindung mit anderen Menschen gewinne diese Person ihre Leuchtkraft, ihre manchmal suggestiv, ja hypnotisch wirkende Ausstrahlung, ›bis zu Formen der Hysterie‹.

In der weiteren Ausarbeitung war dann von einem ausgeprägten musischen Talent die Rede. ›Eine Schriftsteller-Konjunktion‹. Begabung für Kunst und Schauspiel. Etwas ›eigenartig Bestrickendes, Irrational-Faszinatives‹. Einer jener von Goethe als ›Naturen‹ bezeichneten Menschen, die einen gewissen Magnetismus ausstrahlten. Eine starke Gefühlsintelligenz sei dafür Voraussetzung, die sich hier ausschließlich in der Ausdruckssphäre mit glänzender Nutzung der Ausdrucksmittel verwirklichte. Dieses verführerisch-suggestive Kommunikationstalent konnte zu spektakulären Öffentlichkeitserfolgen führen. (Über diese ›Öffentlichkeitswirkung‹ hatte P. sich bisher keine Gedanken gemacht. Erst jetzt wurde ihr klar, daß es sich zwischen Amend und ihr vom ersten Augenblick an um eine sehr intensive Zweier-Beziehung handelte.)

Zu den skizzierten Lichtseiten gehörten aber auch dämonische Schatten. K. schrieb von ›Turbulenzen‹, von ›Verwirrungen und Durchkreuzungen schicksalhaften Ausmaßes‹. Ohne das negativ-destruktive Planeten-T (ein Fachausdruck, der P. unverständlich blieb) wäre dies ein Erfolgshoroskop von eigentümlicher Faszination. Eine ›gute Undine‹, deren verwirrend-bestrickende Öffentlichkeitswirkung Emphase auslöse.

›Undine!‹ ›Mein Fluß!‹ ›Die Donau.‹ P. stellte fest, daß dieses Horoskop sie zunehmend befriedigte. Trotz oder auch wegen seiner ›dämonischen Schatten‹.

Es war von einer ›gefährlich brennenden Mond/Mars-Konstellation‹ die Rede, die auf Neurotisch-Psychotisches hinweise. Dann folgte ein dunkler Nachsatz: ›Das kommt von weit her.‹ (Genau dieses Gefühl hatte P. immer gehabt: Das kommt von weit her!)

›Ein sehr empfindlich-erregbarer Trieb mit rauschhafter Hingabetendenz – vielleicht das gefühlsmäßige Erbe der Mutter? – wird unmittelbar stichflammenartig in Ausdruck und herrische Verwirklichung umgesetzt, worin sich vermutlich das Erbteil des Vaters anzeigt.‹

Bis hierher war sie den Ausführungen bereitwillig gefolgt. Jetzt, wo sie spekulativ wurden, stiegen Vorbehalte in ihr auf, Mißtrauen, ja Unwille und Ablehnung. K. stellte Mutmaßungen an, schrieb von der ›stark-ordnenden, in der Öffentlichkeits-Sphäre wirksamen Energie‹, dem ›Managerhaften des Vaters‹, von der ›vagabundierenden Triebhaftigkeit der Mutter‹.

P. begann nun doch an der Möglichkeit zu zweifeln, durch die Deutung dieses Geburts-Horoskopes irgend etwas über ihre ›Person‹ zu erfahren. Sie lachte sogar auf, als im Zusammenhang mit dem platonischen Vater von ›Managerhaftem‹ und im Zusammenhang mit der kleingeblümten Zilla Blum von ›vagabundierender Triebhaftigkeit‹ die Rede war.

Aber dann kam wieder eine Angabe, die sie faszinierte. Neptun gelte als Planet des Intuitiven, hieß es, woraus der ›Rausch, die Illusion, das Ausflippen‹, der ›Eros im Sinne von irrealer Leidenschaftlichkeit‹ resultiere, was ›gleichgeschlechtliche Erotik anzeigt‹.

Einige Feststellungen, wie die folgenden, kränkten sie. Es war ihr nicht gleichgültig, wie man Amend beurteilte. ›Sensible Gefühligkeit und Stimmungsbezogenheit bis zur Empfindlichkeit, eine fast zwanghafte Konzentration auf eine Art fixe Idee, so etwas wie Inbesitznahme mit starker Anbindung an Gefühls-Vorurteile.‹

Solche Zusammenfassungen, die sie selbst anstellen wollte, störten sie und erregten ihr Mißfallen und ihren Protest. K. nahm ihr etwas weg, was vorerst noch ihr allein gehörte. ›Schicksalhafte Wirrnisse aus einer durch Elternproblematik angeheizten Triebverwirklichung mit intersexuellen Einschlägen und Haltungen, die sich der Freundschafts-Sphäre als Katalysator bedient und im geistigen Überbau durch eine fanatisch konzentrierte Leidenschaftlichkeit mit Gefühlslogik gerechtfertigt wird...‹ ›Äußerst schnelle Abläufe, die ans Neurotische beziehungsweise Psychopathische grenzen und mit immer neuen Verwirrungen, Täuschungen und Enttäuschungen einen unberechenbaren Störungsfaktor in diesem Leben darstellen.‹

Das Horoskop, so faßte K. zusammen, gebe Anlaß zu glänzenden Prognosen. ›Dieser Mensch gehört zu jenen Persönlichkeiten, die von Natur begnadet sind und ohne bewußtes Zutun zum Mittelpunkt ihres Gesinnungskreises werden.‹ Dabei seien die Wirkungsmittel weniger materiell und organisatorisch als vielmehr geistig oder künstlerisch, möglicherweise aber auch ideologisch; ›spektakuläre Öffentlichkeitswirkung, die selbst von privaten Wirrnissen nicht beeinträchtigt wird‹.

(K. schien zu vermuten, daß es sich bei ihrer Person um einen Terroristen handele, zumindest um einen sogenannten Sympathisanten. Wenn er nicht sogar annahm, daß sie sich mit einem Guru-Anhänger beschäftigte.)

P. notierte sich die Angaben über die Neigung (›Inklination‹) zu bestimmten Orten, weil sie sich am leichtesten nachprüfen ließen. Genannt wurden Baden-Baden, Washington, Danzig, aber auch Syrien und Marokko. Als Steine wurden genannt: Rubin, Jaspis; als Farbe: Rot. (Vorerst erschien ihr das alles sehr zufällig.) Bei den Pflanzen waren Dornensträucher, alles ›Bittere, Scharfe und Brennende‹ angegeben. (P. dachte sofort an Mittelmeer-Macchia, Lorbeergesträuch, Myrte.) Als Tier: die Raubkatze. Bei Krankheiten hieß es: ›Anfällig sind Kehle, Hals, Rachen, Mandeln, Schilddrüse.‹ (P. sah das ungeschützte Zäpfchen in Amends Rachen vor sich, aber auch die Halstücher, die er ständig trug.) Es blieb aber nicht bei Hals, Nase, Ohren. Dick unterstrichen war das Wort: Zeugungsorgane.

In dem Begleitbrief gab K. noch einmal eine Zusammenfassung seiner persönlichen Vermutungen: ›Dieser Mensch kann Zeit- und Massenstimmungen intuitiv und gefühlshaft aufgreifen, sie suggestiv auf hohem Niveau zur Darstellung bringen. Keine materiellen Interessen, wohl aber Anfälligkeit gegenüber Ideologien.‹ Dann war von ›individualistischer Wildheit‹ die Rede, von ›spiritueller, sozialer oder existentieller Ideologie‹; ›ein kreatives Element ist unverkennbar‹; ›das öffentliche Auftreten ist löwenhaft‹.

P. war zumute, als mische K. sich in ihre Privatangelegenheiten ein. Als wolle er sie beeinflussen. Vor allem mit Worten wie ›exaltierte Trieb-Sensitivität‹, ›Gefühlsraserei, in die sich Hingabetendenzen mit Beherrschungstendenzen verwirrend mischen‹. ›Intersexuelle Formen bis zur gleichgeschlechtlichen Erotik sind denkbar.‹ Er schrieb auch von ›Geschlechtsproblematik in psychoanalytischem Sinne‹, fügte – allerdings in Klammern – Penisneid, Vatersuche, selbstverhinderte Hingabe bei gleichzeitiger Sehnsucht danach, Sadomasochismus – mit Fragezeichen versehen – hinzu. ›Diese psychopathische Einstrahlung bildet im Wesen der hier zu analysierenden Persönlichkeit einen ständigen Chaos- und Störfaktor mit Verwirrungen, Täuschungen und Enttäuschungen.‹ K. ging so weit, von einem ›Ulrike-Meinhof-Typ‹ zu sprechen. Im Ton eines Vorwurfs schrieb er: ›Sie haben mich nicht wissen lassen, ob die Person aus Arbeiterkreisen stammt oder ob sie eine höhere Tochter ist.‹ (Obwohl sie ihm keine Angaben über das Geschlecht gemacht hatte, schien P. zu der Überzeugung gekommen zu sein, daß es sich um eine Person weiblichen Geschlechts handelte.)

Das Horoskop für das zweitgeborene Kind fiel wesentlich kürzer aus. Die Konstellation der Gestirne schien K. weniger interessiert zu haben. Dieser Zwilling war nach seiner Ansicht harmloser und ›blauäugiger‹, ihm fehlte die dämonische Wesenskomponente. Ein ›Good-fellow-Typ‹, ein Genießer-Typ, zu Behäbigkeit neigend. Ein ›Umweltschützer mit Familiensinn und Herkunftsbewußtsein‹.

In dem Begleitbrief hieß es zum Schluß: ›Sie haben mich auch nicht wissen lassen, ob einer der Zwillinge stirbt. Wie ich Sie zu kennen meine, werden Sie den zweitgeborenen Zwilling sterben lassen, weil er Sie nicht interessiert.‹

Im ganzen konnte P. mit dem Horoskop zufrieden sein. Vor allem war es nicht alltäglich. Sie strich durch, was ihr nicht ins Konzept paßte, unterstrich anderes und hängte das Blatt mit den magischen Kreisen, Bildern und Zahlen neben Amends Foto an die Wand, dachte lange darüber nach, ob sie es wirklich mit einer ›Undine‹ zu tun hatte, nahm sich auch die Erzählung ›Undine geht‹ der Ingeborg Bachmann vor, die sie Anfang der sechziger Jahre fasziniert hatte.

Noch während sie las, klingelte das Telefon.

Dieses ›Hallo‹ kannte sie nun schon; trotzdem fuhr sie zusammen, wieder fühlte sie sich ertappt.

»Ich bin hungrig!« Leichthin gesagt.

Der Besuch paßte ihr im Augenblick nicht. Sie wollte jetzt den Schreibtisch nicht verlassen; am Nachmittag hatte sie eine wichtige Verabredung. Sie lehnte also ab. Bevor sie noch sagen konnte: »Rufen Sie doch später noch einmal an!«, wurde der Telefonhörer bereits aufgelegt.

Im selben Augenblick tat es P. leid, daß sie abgelehnt hatte. War Amend wirklich hungrig? Trieb er sich in der Stadt herum? Hielt er sich in ihrer Nähe auf, beobachtete und kontrollierte auch er sie am Ende? Amend, am Ende.

Ihr Nein war nicht rückgängig zu machen. Sie besaß keine Anschrift, auch keine Telefonnummer. Er besaß von ihr beides, hatte sie in der Hand, konnte ihr schreiben, sie anrufen, wann er wollte. Er hatte sich in die bessere Position gebracht. Stein schleift Schere. Spielten sie miteinander, oder kämpften sie miteinander?

›Turbulenzen‹ hieß es in dem Horoskop.

8

Amends Foto, das Gesicht im Halbprofil, hing ihrem Schreibtisch gegenüber an der Wand. In der Vergrößerung, die sie hatte anfertigen lassen, erkannte man den Raster, schwarz-weiß. P. sah es oft an. Ihr Mann war gewöhnt, daß dort als Arbeitsunterlagen Landkarten hingen, Sippentafeln oder Personenverzeichnisse.

Er warf einen flüchtigen Blick auf das Foto und nickte. »Eine schöne Person!«

P. fragte sofort zurück: »Meinst du das als Mann?«

»Ja. Als Mann.«

»Demnach hältst du es für eine Frau?«

»Wofür sonst? Ein schönes, vielleicht etwas zu strenges Gesicht.«

Er betrachtete es eingehender, erklärte dann, daß er durchaus auch männliche Züge entdecke, trat zurück und bestätigte, was sie ohnehin wußte. »Du hast recht. Es könnte genausogut ein Mann mit etwas weicheren Zügen sein.«

P. war nicht weitergekommen, gab ihre Enttäuschung in einem kleinen Seufzer kund und sagte: »Das ist mein Thema.«

»Beneidenswert!« sagte ihr Mann und wollte das Zimmer verlassen. Aber sie war entschlossen, mit ihm über ihr Vorhaben zu reden.

»Die Überbewertung der Sexualität wird durch diese Person ebenso absurd gemacht wie das überbewertete Rollenverhalten von Mann und Frau. Sie spielt beide Rollen!«

»Also doch ›sie‹?«

»Sie – dritte Person Einzahl! Außerdem handelt es sich um einen Zwilling, den Teil eines Ganzen. Wie bei Platon.«

Sie nahm das Buch ihres Bürgen in die Hand, Platons ›Gastmahl‹.

»Der Vater der Person soll ›sagenhaft schön‹ gewesen sein, viel mehr weiß ich nicht von ihm. Außerdem muß er klug gewesen sein, denn er hat im entscheidenden Augenblick...«

»Wofür entscheidend?« warf ihr Mann erheitert ein.

»Im entscheidenden Augenblick soll er Platon zitiert haben. Davon können wir ausgehen. In einer sehr frühen Epoche der Menschheitsgeschichte gab es bekanntlich nach Platon drei Geschlechter von Menschen, ein männliches, ein weibliches und noch ein drittes, das verschwunden und dessen Name uns nicht überliefert ist. Es war jedenfalls Mann und Frau zugleich. Das Merkwürdige ist, daß wir heute dafür nur noch ein Schimpfwort haben: Mannweib. Die Gestalt dieses Menschen soll ursprünglich rund gewesen sein, so, daß Rücken und Brust einen Kreis bildeten. Jedes dieser Wesen soll vier Hände und vier Schenkel und zwei einander gegenüberstehende Gesichter gehabt haben! Vier Ohren! Auch zweifache Schamteile und, so schreibt Platon, ›alles übrige, wie es sich hieraus ein jeder weiter ausmalen kann‹.«

»Das tue ich nur ungern«, erklärte ihr Mann.

»Kannst du dir solch ein Doppelwesen nicht vorstellen?«

»Das ist kein Doppelwesen, das ist ein Monstrum. Vermutlich gibt es Illustrationen. Sicher von Daumier.« Er wandte sich zum Gehen. Sie bat ihn, zu bleiben und weiter zuzuhören.

»Platon schreibt, daß die Männer, die das abgeschnittene Teil eines solchen Wesens sind, ›weibersüchtig‹ seien. Die meisten Ehebrecher stammen von dieser Gattung und ebenso die ›männersüchtigen und ehebrecherischen Weiber‹. Und jetzt folgt das Entscheidende. Paß auf! Die Weiber, die Abschnitte eines Weibes sind, kümmern sich nicht viel um die Männer, sondern sind mehr den Weibern zugewandt. ›Tribaden‹ nennt Platon sie. Und die, die Abschnitte eines Mannes sind, lieben, solange sie noch Knaben sind, die Schnittstücke des Mannes und ...«

P. schlug das Buch auf und las die betreffende Stelle vor: »›Diese also lieben es, bei Männern zu liegen, und sie zu umarmen, macht ihnen Freude, und dies sind die trefflichsten unter den Knaben und den heranwachsenden Jünglingen, weil sie die männlichsten sind von der Natur. Man nennt sie zu Unrecht schamlos, weil sie das nicht aus Schamlosigkeit tun, sondern weil sie mit Mut und Kühnheit und Mannhaftigkeit das ihnen Ähnliche lieben. Zur Ehe und Kinderzeugung haben sie keine Lust. Nur durch das Gesetz werden sie dazu genötigt. Ihnen selbst wäre es genug, untereinander unverehelicht zu leben.‹«

An dieser Stelle unterbrach sie ihr Mann.

»Ich rate dir von diesem Projekt ab. Für gleichgeschlechtliche Liebe hast du nach meinen bisherigen Erfahrungen kein Gespür.«

P. beachtete den Einwand nicht.

»Weißt du, was Platon allen Ernstes befürchtet?«

Ihr Mann sah sie fragend an. »Nein.«

»Wenn wir uns nicht sittsam gegen die Götter betragen, werden wir nochmals gespalten und müssen herumgehen wie die Figuren auf den antiken Grabsteinen, die mitten durch die Nase gespalten sind.«

»Wie unangenehm!« Er lachte sie und Platon aus. »Dann werden wir uns sehr sittsam betragen müssen.«

»Geh nicht, bevor du dir nicht auch das Weitere angehört hast! Bei Montaigne ist die Philosophie eine Lehre zum Tode hin, in meinem Falle soll die Philosophie dem Leben dienen. Platon als eine dritte Kraft, als Katalysator, bei der Zeugung. Er muß die Ursache dafür gewesen sein, daß dieses Kind, das in Franzensbad im Spätsommer 1944 gezeugt wurde, so ungenau angelegt ist, nicht ganz männlich, nicht ganz weiblich. Meine Person ist etwas Neues. Das will ich beweisen! Das Heraufkommen eines dritten Geschlechts. Amend vereint beide Geschlechter wieder zu einem einzigen Ganzen. Das bringt zunächst natürlich Verwirrung. Die Person ist zweigeschlechtlich. In der Natur gibt es das auch anderswo. Monokline Pflanzen! Daraus, daß die Person außerdem ein Zwilling ist, rührt ihre Unruhe. Sie ist auf der Suche nach ihrem Ander-Ich.«

»Also Tiefenpsychologie! Ich würde an deiner Stelle detektivisch vorgehen. Jeder Schriftsteller ist im Grunde ein Detektiv, der seinen Figuren auf die Schliche kommen möchte.«

»Das meine ich doch! Die Person verwandelt sich im rechten oder auch im falschen Augenblick immer in ihr Gegenteil. Aber es scheint nie Katastrophen zu geben, weil sie nur spielt, weil sie unser altes Rollenspiel nicht ernst nimmt.«

»Philosophen sind immer Theoretiker«, sagte ihr Mann nach einer kleinen Pause des Nachdenkens. »Du willst Platon in die Praxis umsetzen. Dieser ›sagenhaft schöne‹ Vater aus Böhmen hat Platon mißbraucht. Eine platonische Liebe? Platon, besser: die Männer bei jenem Gastmahl meinten die erotische Anziehungskraft zwischen zwei Menschen, einen geistigen und keinen biologischen Zeugungsakt.«

Er schien damit das Gespräch endgültig abbrechen zu wollen. Um sein Interesse wachzuhalten, warf sie ein, daß Marguerite Yourcenar sich einen weiblichen Hadrian nicht habe vorstellen können.

»Warum sollte sie das auch?«

»Man will die Yourcenar in die ›Académie Française‹ wählen. Aber weil sie eine Frau ist, wird man das nicht tun. Sie hat übrigens gesagt, der Mensch sei nicht ständig Repräsentant seines Geschlechtes. ›Ein Mensch, der denkt oder schreibt, tritt aus seinem Geschlecht, er tritt sogar aus sich selbst. Bei Frauen geschieht das sehr selten.‹«

»Und wann gedenkst du zurückzukehren?«

»Wenn alles gutgeht, im Frühling.«

Sie lachten nun beide, und jeder begab sich wieder an seinen Schreibtisch, weit voneinander entfernt.

Die Spannung ›Junge oder Mädchen‹ dauert normalerweise von der Verkündigung bis zur Geburt. In diesem Falle gab es Tage, ja sogar Wochen, in denen P. sicher war: Amend ist eine Frau. Bis sie dann doch wieder unsicher wurde, vielmehr wieder sicher wurde: Ein Mann! So benimmt sich nur ein Mann!

Sie vertiefte sich in Bücher über Chiromantie und Graphologie, las Abhandlungen über die Donau und über Frauenklöster. Ihr Mann warnte sie: »Wenn du so weitermachst, wirst du Jahre benötigen.«

»Ich gedenke, mich an die üblichen neun Monate zu halten.«

»Du weißt: Eine honette Frau trägt ihr Kind nicht unter zehn Monaten aus.«

»Von der Mutter, dieser Zilla Amend, weiß ich, daß sie hübsch war, daß sie unschuldig wirkte, daß sie nur eine kleine Begabung war, aber daß sie ›honett‹ war, bezweifele ich. Ich werde mich vor allem um die Lebensvoraussetzungen kümmern, die allerersten Lebensjahre, von denen Amend selbst so gut wie nichts weiß.«

(Inzwischen redeten sie von der Person als von ›Amend‹, wobei sie die zweite und ihr Mann, zu ihrem Ärger, die erste Silbe betonte, im Sinne von Amen, Sela.)

»Ich frage mich«, fuhr sie fort, »wie es wohl in Amends Bude aussieht. Wenn überhaupt, dann ist von ›Bude‹ die Rede, nie von einer Wohnung. Hängt da noch Marx als Poster an der Wand? Steht da vielleicht sogar noch die Mao-Bibel? Schließlich gehört Amend noch zu dieser Trau-keinem-über-dreißig-Generation.«

»Inzwischen traut deine monokline Person zumindest dir. Vermutlich ist sie nicht mehr ›rot‹, sondern ›grün‹.«

»Ich kann mir einfach nicht vorstellen, daß Amend einmal Terrorist oder Sympathisant gewesen ist. Wogegen hätte sich sein Protest richten sollen? Nicht einmal von einer ›vaterarmen Erziehung‹ kann die Rede sein bei einem nicht-existenten Vater. Kein verkappter Nazi als Vater, kein kapitalistisches Elternhaus. Die Kirche als Institution? Da ist zwar dieses Klösterchen an der Donau, aber eine Institution war das nicht. Das Internat? Von jenen Jahren habe ich bisher nur gehört: ›Das Bäumchen biegt sich...‹ Diese Person ist biegsam wie ein Verbum.«

»Ein schwaches?«

»Ein starkes! Gleichschritt hat sie nicht kennengelernt am eigenen Leib, immer nur eine Masse, die sich ohne Gleichschritt in Bewegung setzt und niedertrampelt, was nicht mitrennt. Aber dafür ist sie zu klug, vielleicht auch zu ängstlich.«

»Ängstlich? Das macht sie mir sympathisch. Nur Menschen mit Phantasie haben Angst.«

»Ich frage mich manchmal, ob die Person in ihrer Bude hockt mit Kopfhörern und immer noch die Beatles hört. Was hört man zur Zeit überhaupt?«

»Am besten fragst du die Person und nicht mich.«

»Ich weiß weder die Adresse noch die Telefonnummer.«

»Eine Gleichung mit mindestens einer Unbekannten also.«

»Außerdem mache ich nie Interviews. Ich will mich wie

ein Bildhauer von außen an meine Figur heranarbeiten. Nein, nicht wie ein Bildhauer – eher wie ein Töpfer: Ich will sie formen, entstehen lassen.«

»Ein weiblicher Prometheus! Was hältst du von einer Tatortbesichtigung?«

»Bisher bin ich nicht dazu aufgefordert worden. Ich wüßte nur einfach gern ein paar Fakten mehr. Hat er zum Beispiel der ›Außerparlamentarischen Opposition‹ angehört? Das paßt doch nicht ins Bild! Keinerlei Aggressivität. Amend ist friedfertig. Nach meiner Theorie hängt das mit dem Tag und der Stunde seiner Geburt zusammen. Dieser Stillstand, der doch viel mehr war als ein Waffenstillstand! Was mir auffällt, ist, daß seine Sätze alle mit einem Gedankenstrich enden, keine Punkte, oft klingt ein ›oder‹ mit, wie ein Fragezeichen. Ich habe auch nie von ihm das Wort ›mein‹ gehört. Andere sagen doch ständig: ›Mein Zug geht in fünf Minuten‹, ›In meiner Zeitung steht‹. Eine Familie, von der besitzanzeigend zu sprechen wäre, ist auch nicht vorhanden. Eine einzige Ausnahme gibt es, die Donau. Da sagt Amend: ›Mein Fluß.‹«

»Als Besitz genügt das. Ein zweitausend Kilometer langer Fluß, der längste Europas!«

»Der zweitlängste. Zweitausendachthundertfünfzig Kilometer.«

»Deine Genauigkeit im Ungenauen ist bewunderungswürdig.«

»Kennst du etwa jemanden, der zwischen Krieg und Frieden geboren wurde? Das erste Nachkriegskind!«

(Dieses Stichwort hatte sie selbst geliefert. Ihr Mann benutzte es seither mit Vorliebe. ›Dein Nachkriegskind‹, ›Hätschle es nur, dein Nachkriegskind‹.)

»Vermutlich läuft dein Nachkriegskind heute als Atomgegner herum«, sagte er, »klebt Plaketten auf die Briefe und trägt Plaketten auf der Brust beziehungsweise am Busen.«

»Ich habe nur festgestellt, daß Amend graues umweltfreundliches Briefpapier benutzt. Die ganze Person ist umweltfreundlich, wirft keine Cola-Dosen aus dem Fenster, keine Zigarettenkippen auf den Bahnsteig, hinterläßt keine Spuren, keinen Abfall, ist umweltfreundlich zu Schaffnern und Polizisten.«

»Aber die Haare!« sagte ihr Mann mit dem Blick auf das Foto.

»Meiner Ansicht nach trägt Amend die Haare lang, weil es schönes Haar ist.« (Sie hatte inzwischen gelernt, ihre Sätze so anzulegen, daß sie ›er‹ oder ›sie‹ vermied.)

»Du hast dich also wieder einmal in deinen Helden verliebt?«

»Wie soll ich jemanden kennenlernen ohne Liebe?«

»Irgendeine verwundbare Stelle wird dieser Siegfried doch haben?«

»Amend zeigt sie nicht. Außerdem ist weit und breit keine Kriemhild in Sicht, die auf die verwundbare Stelle ihres Geliebten aufmerksam machen könnte.«

»Du wirst die Stelle schon finden.«

»Nein. Ich werde die Person nicht zerstören. Aber manchmal denke ich: Es ist ein Streuner, im geistigen und im moralischen Sinne.«

»Du liebst doch Vagabunden, die du dir zähmst.«

Amend lebte mit vollem Familienanschluß bei ihnen. Trotzdem sagte ihr Mann nie: Bring dein Nachkriegskind doch einmal mit! Und sie sagte nie: Sieh dir diese monokline Person doch einmal an!

Es war ihre Person, nicht seine.

9

Sie begegnete Amend in der Stadt. Mit dem Korb am Arm ging sie von Geschäft zu Geschäft, um einige Einkäufe zu erledigen. Sie hatte nicht bemerkt, daß er offensichtlich schon eine Weile neben ihr hergegangen war. Sie erschrak, als er sie ansprach, erst recht, weil sie gerade an ihn gedacht hatte. Ihrem Kopf entsprungen – so tauchte er neben ihr auf.

»Wo kommen Sie her?« fragte sie. Es klang nach: ›Was wollen Sie denn hier?‹

»Ich sehe mir die Stadt an, in der Sie leben.«

Dagegen war nichts einzuwenden. P. nickte ihm zu und betrat einen Metzgerladen. Der Einkauf zog sich in die Länge. Amend beobachtete sie währenddessen durch die Schaufensterscheibe. Wenn sie zufällig hinausblickte, sah sie ihn draußen stehen, die Hände in die Taschen seiner Tarnjacke vergraben, das Haar diesmal weniger gepflegt. Trotz besseren Wissens dachte sie auch bei dieser Begegnung: *Er* sieht weniger gepflegt aus als damals im Zug; dachte: Was ist los mit *ihm;* dachte: *Mario.*

Als sie den Laden verließ, nahm er ihr den Korb nicht ab, obwohl er merken mußte, daß er schwer war. Aber er spürte, daß sie damit rechnete, und sagte ungefragt, während er neben ihr herging: »Wenn Sie alt und hilflos wären, würde ich Ihnen den Korb tragen.«

»Meinen Sie das als Kompliment?«

Er wich wieder einer unmittelbaren Antwort aus. »Ich nehme Sie nur beim Wort. Sie sind doch der Ansicht, daß jeder seine eigene Last tragen solle und nicht die des anderen.«

Demnach hatte er inzwischen ihre Bücher gelesen. Sie ging nicht darauf ein, sagte lediglich: »Sie haben wieder einmal beide Hände frei.«

Er schüttelte den Kopf, nahm die linke Hand aus der Tasche und zeigte ihr eine wilde Quitte, rieb sie dann zwischen den Fingern, roch daran und hielt sie ihr im Weitergehen unter die Nase.

»Riecht gut! Sie stammt aus Ihrem Garten. Ich habe sie mir in der letzten Nacht geholt. Schlafen Sie in dem Zimmer zur Straße hin? Es brannte noch Licht! Sie haben demnach nicht gut geschlafen?«

»Geht das nicht zu weit?« sagte P. »Das grenzt ja an Hausfriedensbruch!«

»Ihr Grundstück ist nicht eingezäunt. Sie haben doch eine Abneigung gegen Zäune. Freier Zutritt für alle.«

P. versuchte abzulenken. »Ich muß meine Einkäufe erledigen. Können wir uns verabreden? Wollen wir in der Dämmerung wieder um meinen See gehen? Achtzehn Uhr?«

»Einverstanden. Ich werde an der Brücke warten«, sagte er, umfaßte ihren Oberarm, drückte ihn leicht, machte kehrt und verschwand.

P. hatte angenommen, daß die Erinnerungen ihres ›Nachkriegskindes‹ ausreichen würden, um den Ablauf seiner weiteren Entwicklung, vor allem während der Schulzeit, darzulegen. Es kam ihr dabei auf Amends eigene Sicht an. Ihre Erwartung erwies sich als falsch. Erinnerungen müssen ständig aufgefrischt werden, um lebendig zu bleiben. Keine Eltern, keine Großeltern, keine Geschwister, folglich auch keine Gespräche, die mit ›Erinnerst du dich?‹ oder ›Weißt du noch?‹ anfingen. Ein verkümmertes Gedächtnis also.

Daß Amend ihr bewußt Wichtiges verschwiegen hätte, glaubte sie nicht. Er wollte ihr behilflich sein, wenn auch auf seine sprunghafte, verwirrende Weise.

»Lassen Sie mich nachdenken!« sagte er immer wieder.

Sie stellte, während sie den See mehrmals umrundeten, Fragen, die ihn nachdenklich machten. Als Antworten lieferte er kleine Begebenheiten aus den ›Straubinger Jahren‹. Man hatte das Kind, nachdem seine Mutter es im Stich gelassen hatte, zu ›einfachen, gutherzigen Menschen‹ – »So würden Sie die alten Leute vermutlich bezeichnen«, fügte Amend hinzu – in Pflege gegeben. Adoptiert wurde das Kind nicht; die Aufsicht behielt die Kirche. Den Schilderungen nach müssen die Pflegeeltern schon im Großelternalter gewesen sein. Der Mann, ein ehemaliger Postbeamter, war ein passionierter Angler, er nahm das Kind oft mit ans Donauufer. Der Pflegesatz stockte die bescheidene Rente auf. Zu den Eigenschaftsworten ›einfach‹ und ›gutherzig‹, die Amend angeführt hatte, kam noch ›fromm‹ hinzu; an ihrer Frömmigkeit wird es gelegen haben, daß die Kirche den alten Leuten das elternlose Kind anvertraut hatte.

»Was haben Sie gespielt?« fragte P.

»Verstecken und Verkleiden!«

Nach kurzem Überlegen fügte er noch ›Verlaufen‹ hinzu. »Ich lief absichtlich weg, damit man nach mir suchen mußte, damit man auf der Straße laut meinen Namen rufen mußte. Dann kam ich hervor, und alle waren erleichtert und freuten sich.«

»Haben Sie noch Verbindung zu Ihren Pflegeeltern?«

»Sie sind längst tot. Sie erkrankten fast gleichzeitig, ich glaube an Grippe. Jemand holte mich, noch bevor sie starben, aus der Wohnung.«

»Wie alt waren Sie damals?«

»Acht oder neun Jahre, denke ich.«

»Dann müßten Sie noch wissen, wer Sie weggeholt hat.«

»Der Herr Kaplan! Man hat mich immer wieder in den Schoß der Kirche zurückgeholt.«

»Spotten Sie darüber?«

»Nein. Sollte ich – ?«

Nach einer Pause, während der er nachgedacht hatte, sagte er: »In jenem Alter ersetzte die Muttergottes mir die eigene Mutter. Ich sagte ›Onkel‹ und ›Tante‹ zu den Pflegeeltern, und sie nannten mich ›Marie‹. Wenn die Pflegemutter zur Messe ging, nahm sie mich mit, setzte mich vor dem Marienaltar ab, zeigte auf die Gottesmutter und flüsterte: ›Das ist deine Mutter, der kannst du alles sagen!‹ Und ich saß und schaute mir das Bild an, vielleicht habe ich ihr sogar ›alles‹ gesagt, das weiß ich nicht mehr. Dann nahm mich die Tante an der Hand, machte mit ihrem Daumen ein Kreuz auf meine Stirn, und wir gingen nach Hause.« (Vermutlich handelte es sich um die Ursulinenkirche an der Burggasse. In P.s Reiseführer wurde diese Kirche als ein ›Himmelslächeln‹ bezeichnet. ›Hier ist Gott unser Spielgefährte.‹ ›Um die reinen Züge Mariens weht ein blauer Mantel mütterlicher Treue.‹)

Wieder klang alles nach Zufriedenheit und Geborgenheit, ebenso wie die Berichte der Zilla Blum über das ›Klösterchen‹. Vermutlich wußte sie bereits jetzt mehr über diese ersten Kinderjahre als er, Amend. Dieser Vorsprung an Kenntnissen fing an, ihr unangenehm zu werden. Sie wollte ihm das Ergebnis ihrer Nachforschungen mitteilen.

Aber er winkte ab. »Ich bekomme es ja zu lesen, oder – ?«

(Wie immer zeigte er keinerlei Neugier, was die eigene Vergangenheit anlangte.)

P. fragte weiter: »Sie haben sich also schon in jenen Straubinger Jahren verkleidet? Sich verwandelt? In einen Jungen also?«

»Ja. In einen Jungen. Übrigens spielen das alle Kinder: sich verkleiden. Haben Sie es nicht getan?«

Wieder hatte er sie ins Garn gelockt. Statt daß er es war, der erzählte, begann sie zu erzählen, erzählte von dem großen Dachboden in ihrem Elternhaus, den Holztruhen – ehemaligen Futterkisten –, in denen die Engelsgewänder und Engelsflügel das Jahr über verwahrt wurden, bis man sie zu Weihnachten für das Krippenspiel in der Kirche wieder hervorholte.

Sie holte weit aus, erzählte, daß sie als Kinder sich zwar nicht mit den Engelsgewändern verkleiden durften, aber mit den Jungmädchenkleidern ihrer Mutter, die in einer anderen Kiste aufbewahrt wurden: seidene Sonnenschirme mit Volants, Autohüte mit Schleier, elegante Stiefel zum Schnüren. Winteräpfel. Räucherkammer. Taubenschlag.

»Sie lieben Ihre Kindheit?« fragte Amend, nachdem P. endlich aufgehört hatte zu erzählen.

»Sie tun es demnach nicht?«

»Nein.«

»Sie haben sie also verdrängt?«

»Nur abgestreift. Sie suchen nach Wurzeln. Ich wurzele nicht. Es hat mich nie geschmerzt, wenn man mich verpflanzte. Immer neue Erde, in immer größere Töpfe umgetopft und dann in Freiland. Hat das nicht auch Vorzüge gegenüber zu kleinen Töpfen und immer derselben Erde?«

»Die Kindheit als Gärtnerei! Mit Ihrer Umtopferei bringen Sie mich zum Lachen.«

»Das war meine Absicht.«

»Was haben Sie damals gelesen?«

»Ich war ein legasthenisches Kind. Das Wort kannte man allerdings noch nicht.« (Die kleine Marie mußte die konfessionelle St. Joseph-Schule besucht haben, die dem Ursulinenkloster, einem Gymnasium für Mädchen, angeschlossen war.) »Die Lehrerin war ratlos, Onkel und Tante noch mehr, aber der Herr Kaplan wußte wieder einen Rat. Er gab mir seine alte Schreibmaschine. Die Buchstaben gerieten mir nicht mehr durcheinander und übereinander, sie ordneten sich wie von selbst. Ob das eine Methode ist, die sich auch bei anderen Schulkindern bewährt hat, weiß ich nicht, bei mir half sie. Ich lernte schreiben, schön schreiben. Und lesen. Nur etwas langsamer als andere.«

»Was? Was haben Sie gelesen?«

»Meine Pflegeeltern besaßen keine Bücher. Sie lasen nur ein Wochenblatt, das vom Bistum herausgegeben wurde.«

»Sie haben keine Bücher gelesen?«

»Die Bücher des Herrn Kaplan.«

»Erbauungsliteratur demnach?«

»Nein. David Copperfield beispielsweise. Aber ich habe mich trotzdem daran ›erbaut‹. Ich lief durch Straubing wie der kleine David Copperfield durch London.« Amend änderte die Stimme und zitierte aus dem Buch jene Stelle, wo Miss Murdstone sagt, daß sie Knaben nicht mag.

»Ich kann ganze Partien daraus auswendig. Ein Kind braucht eigentlich nur ein einziges Buch. ›Wenn je ein Kind tiefen Schmerz fühlte, so ich. Aber ich erinnere mich, daß dieses Gefühl der Wichtigkeit mir eine Art Befriedigung gab, als ich an diesem Nachmittag auf den Spielplatz ging, während die anderen Schule hatten ...‹«

Die wenigen Sätze genügten, P. in Dickens' Welt zu entführen.

»Uriah Heep? Gab es den auch?«

»Den gab es auch«, bestätigte Amend. »Jedes Kind hat vermutlich seinen Uriah Heep, vor dem es sich fürchtet. Aber ich besaß ein Buch, in das ich alle diese schrecklichen Leute einsperren konnte. Abends legte ich es in ein Spind, schloß ab und versteckte den Schlüssel in der Küche.«

Sie hatten sich auf einer Insel, die Charles Dickens hieß, getroffen, verweilten lange darauf und zählten einander die Freunde und Feinde des David Copperfield auf. »Mr. und Mrs. Micawer!«

»Das Buch gehörte Ihnen?« fragte P.

»Nein. Aber ich konnte es nicht entbehren. Nach dem Tod des Herrn Kaplan habe ich es behalten.«

»Es können doch nicht alle gestorben sein!«

»Wollen Sie nun als nächstes nach Straubing fahren und meine Angaben nachprüfen? Kennen Sie Straubing?«

»Ich bin einmal dort gewesen, aber nur für kurze Zeit. Wir kamen nachmittags an und fuhren am nächsten Morgen weiter. Trotzdem habe ich das Gefühl, Straubing zu kennen. Abends standen wir am Donauufer, der Fluß war dunkler, als ich es jemals bei einem Fluß gesehen hatte. Es war eine Donaureise, sie fing in Straubing an. Immer wieder stießen wir auf die Donau, bei Regensburg, bei Wien, bei Budapest und Belgrad, bis hin zum Donaudelta...«

Sie unterbrach sich, fragte Amend, ob er jemals eine Donaureise gemacht habe und ob er wenigstens die Quelle kenne.

»Die Quelle. Das muß Sie doch locken?« sagte sie. »Wo es doch Ihr Fluß ist!«

»›Wer an einem Fluß geboren ist, hat unruhige Füße!‹ Meinen Sie das wirklich? Sie haben das gesagt.«

»Geschrieben!« verbesserte P.

»Machen Sie einen Unterschied zwischen sagen und schreiben?«

»Nein«, antwortete sie wahrheitsgemäß.

Amend forderte sie auf, von jener Donaureise zu erzählen, und wieder ließ sie sich bereitwillig darauf ein.

»Mittlerweile kenne ich auch die Donauquelle. Man hat sich inzwischen auf eine einzige Quelle geeinigt, sie liegt bei einer Kapelle im südlichen Schwarzwald, aber in Wahrheit fließen zwei Bäche aufeinander zu und vereinigen sich ein paar Kilometer weiter. Genauso ist es bei der Mündung, im Donaudelta. Da verströmt sich der Fluß zu mehreren Strömen, löst sich auf, das Meer kommt ihm entgegen. Alles löst sich auf, das Land im Meer und das Meer im Land. Landvögel und Wasservögel. Tauben und Möwen nebeneinander. Reiher und Kraniche. Ich weiß nicht, ob noch andere Flüsse ins Schwarze Meer münden, damals schien es mir, als ob dieses Meer seit Jahrtausenden nur vom Wasser der Donau gespeist würde. Das lockt Sie alles nicht? Quelle und Mündung Ihres Flusses?«

»Irgendwo halte ich die Hand ins Wasser. Das genügt doch. Das Wasser, das meine Hand umspült, kommt aus der Quelle, mündet ins Schwarze Meer.«

»Das Teil als Ganzes? Im Sinne Platons? Es interessiert Sie nicht, wie lange das Wasser braucht, um von der Quelle zur Mündung zu gelangen? Ich will das wissen! Sonst verschwimmt oder verströmt mir alles im Unbestimmten. Nach meinen Feststellungen bleibt, wer an der Küste geboren ist, dort wohnen oder kehrt dem Land den Rücken und fährt zur See. Aber ein Fluß, der nimmt einen mit, der leitet. Haben Sie das nie gespürt als Kind?«

»Doch. Einmal habe ich einen Kahn vom Ufer losgemacht, die Bootsbesitzer nahmen die Ruder vorsichtshalber mit nach Hause. Also stakte ich das Boot mit einem Stock hinaus auf den Fluß, und es trieb mit mir fort, geriet in die Strömung. Es wurde Nacht. Aber ich hatte keine Angst. Ich war sogar glücklich. Der Kahn war breit, er konnte nicht kippen, es gab auch kein Wehr und keine Schleuse, die mich hätten aufhalten können ...«

(Er ließ sich treiben! Das paßte in ihr Bild. Eine Feststellung, die sie ihm aber nicht mitteilte.)

»Sie spielten wieder ›Suchen und sich finden lassen‹?«

»Man hat nur den Kahn vermißt und nach ihm gesucht. Mich hat man nicht vermißt. An jenem Abend nahm mich meine Pflegemutter mit in die Kirche, das hatte sie sonst abends nie getan, und ich mußte neben ihr vor dem Altar knien. Sie zeigte auf das Muttergottesbild und flüsterte mir zu: ›Deine Mutter hat dich errettet!‹ Ich kann es nicht ändern. Es war eine rührende Geschichte.«

P. nahm den Spott wahr und gab dem Gespräch schnell eine andere Wendung, kam auf die religiösen Gefühle Heranwachsender zu sprechen und teilte eine Erfahrung mit, die sie im Umgang mit Halberwachsenen gemacht hatte.

»Kleine Kinder, wenn sie überhaupt religiöse Anlagen haben, lieben die Muttergottes. Später, als Jugendliche, halten sie sich an Jesus, vor allem an seine Wunder und Werke. Nur so ist diese Jesus-People-Bewegung zu erklären. Wenn man dann älter wird, älter ist als Jesus, hält man sich an Gottvater.« Sie blickte Amend prüfend an. »Nach dieser Theorie sind Sie jetzt in einem Übergangsstadium, haben sich von Jesus getrennt und Gott noch nicht gefunden.«

»Woher wollen Sie das wissen?«

»Ich vermute es. Ich ›weiß‹ noch immer wenig von Ihnen.«

Während sie schweigend weitergingen, wurden sie mehrmals von Männern überholt, die um diese Stunde regelmäßig ihr Pensum liefen. Jedesmal erschrak sie, wenn sich ihnen der keuchende Atem von hinten her näherte.

»Sie laufen um ihr Leben!« sagte sie mißbilligend.

»Ich habe gute Erfahrungen mit Jogging gemacht«, sagte Amend.

»Können wir noch eine Weile beim Thema ›Kindheit in Straubing‹ bleiben?« fragte sie. »Haben Sie irgendwelche Erinnerungen an die ersten Schuljahre?«

»Aber ja! Die Geschichte wird Ihnen sogar gefallen. In der Klosterschule sollten wir in der Adventszeit einmal einen Engel malen. Ich hatte damit meine Schwierigkeiten. Ich war im Zweifel, ob Engel neben den Flügeln denn auch Arme hätten. Entweder das eine oder das andere, dachte ich. Meine Mitschülerinnen lachten mich aus. Aber ich sagte, Vögel hätten ja auch außer Flügeln nur Beine, und die Lehrerin fragte die anderen Kinder: ›Wer von euch hat denn schon einen richtigen Engel gesehen?‹«

»Kennen Sie Heimweh?« fragte P. unvermittelt, um Amend mit dieser Frage zu überrumpeln.

»Wonach? Heimweh nach etwas Bestimmtem?«

»Ja.«

»Mein Koffer! Ich hatte später oft Heimweh nach dem Koffer, den ich von Onkel und Tante geerbt hatte. Alles, was ich besaß, hatte darin Platz. Wo er war, war auch ich. Wenn ich ihn ausräumte, konnte ich mich hineinlegen, mit angewinkelten Knien, den Kopf eingezogen, wie eine Schildkröte. Dann zog ich auch noch den Deckel zu.«

»Sie hätten ersticken können!«

»Hätten Sie das bedauert? Damals hätte es keiner bedauert. Niemand wußte, was mit mir werden sollte. Jetzt sage ich auch schon: ›Was aus mir werden soll‹. Wissen Sie nichts? Ich liege auf der Straße. Ich habe eine schlechte Phase.«

»Bin ich daran schuld?«

»Nicht ganz unschuldig.«

»Das war nicht meine Absicht.«

P. blieb stehen und dachte nach. Konnte sie ihm Geld anbieten? Sie war im Zweifel, fragte also vorsichtig: »Würden Sie – ich meine, wenn ich Ihnen –?«

»Ich würde!« sagte er und hielt ihr die Hand hin wie eine Schale.

»Im Grunde ist es nicht mehr als recht und billig, wenn ich Ihnen für Ihre Auskünfte ...«

Er faßte wieder nach ihrem Oberarm und drückte ihn leicht.

»Sie müssen sich nicht dafür entschuldigen, wenn Sie mich ein Weilchen über Wasser halten. Ein schönes Bild – Sie halten mich über Wasser! Eine Christophora!«

Sie verabredeten, daß sie sich am nächsten Tag wieder an derselben Stelle, im Park, treffen wollten, zur gleichen Stunde. P. dachte über die Höhe des Geldbetrages nach.

Amend schien es zu spüren. »Zerstören Sie nicht das Bild, das ich mir von Ihnen gemacht habe und das ich ständig vervollständige! Ich schlage daher vor: ein angemessener Betrag.«

Wieder eine Ungezogenheit. Aber Amend war in diesem Augenblick sehr schön. Er lachte sie mit seinem offenen Lachen an, und sie erhöhte in Gedanken die Summe.

Da sie sich in der Apotheke ein Medikament besorgen mußte, wollte sie sich von ihm verabschieden, aber er erklärte, daß er mitkommen wolle.

»Wenn Sie nichts dagegen einzuwenden haben und Sie keinen Anstoß an meinem Äußeren nehmen.«

»Wenn Sie sich in dieser Jacke tarnen wollen, werden Sie einen Grund haben.«

Während P. in der Apotheke von einer der Angestellten bedient wurde, sprach Amend mit dem Inhaber der Apotheke, den sie selbst seit Jahren kannte. Sie hörte, wie er ›Auf Wiedersehen, junge Frau!‹ sagte. Überrascht wandte sie sich Amend zu. Er lachte sie an.

Der Apotheker sah abwechselnd P. und Amend an und fragte: »Sie gehören zusammen?«

»So kann man es nennen«, antwortete P.

Als sie wieder auf der Straße standen, fragte sie Amend: »Was haben Sie gemacht? Wieso hat er Sie sofort für eine junge Frau gehalten?«

Ein Achselzucken, und wieder ein Lachen als Antwort. Er sagte: ›Tschau!‹ und ging davon. P. sah ihm nach. Er drehte sich nach wenigen Schritten noch einmal um, hielt die Hand wie eine Bettlerschale hoch, vermutlich, um sie an ihr Versprechen zu erinnern.

Auf dem Heimweg dachte sie darüber nach, woher sie

diese Handbewegung kannte. Schließlich fiel es ihr ein: Berlin, vor etwa zehn Jahren. Sonntag morgen vor der Gedächtniskirche. An der sonnenwarmen Kirchenmauer lagerte ein Dutzend junger Gammler. Hippies. Einer von ihnen erhob sich und sprang auf sie zu, leicht wie eine Raubkatze. Sie war erschrocken, faßte ihre Handtasche fester. Er fragte, ob sie Lust habe, ihm eine Mark zu schenken. Sie sagte brüsk: ›Nein.‹ Er lachte, sagte: ›Auch gut‹ und kehrte zu den anderen jungen Leuten zurück. In den Stunden danach stieg immer wieder Verdruß in ihr auf, nicht gegen den jungen Mann, sondern gegen sich selbst, gegen ihr ängstliches, kleinliches Verhalten. Warum nicht das Geld, das sie in den Opferstock warf, unmittelbar diesem Jungen geben? Warum sollte er sich nicht holen, was andere ausreichend besaßen? Er nahm niemandem etwas weg. Er würde Kaffee trinken oder Weißbrot kaufen, Zigaretten, vielleicht auch Drogen.

Es hätte Mario gewesen sein können, dem sie damals die Spende verweigert hatte. Aus Mißgunst oder aus Neid. Vermutlich aus Neid. Ein Gammler, ein Hippie; einer, der das Leben leichter nahm, als sie es in seinem Alter getan hatte.

Ihr Mann pflegte nie zu fragen: ›Wo bist du gewesen?‹, ›Wo gehst du hin?‹ Jeder sagte, was er zu sagen für wichtig hielt. Aber sie begegnete jetzt manchmal seinem aufmerksamen, leicht amüsierten Blick – ›Marschallin, es wird Abend‹ –, der ihr ihre Unbefangenheit nahm. Ihr Schweigen wurde immer mehr zum Verschweigen.

Von dem Vorfall in der Apotheke berichtete sie ihm jedoch gleich nach ihrer Rückkehr.

Erheitert bemerkte ihr Mann: »Sie wird sich die Anti-Baby-Pille gekauft haben.«

10

Nach jedem Zusammensein wuchs in P. das Bedürfnis zu erfahren, wie Amend auf andere, Außenstehende, wirkte und gewirkt hatte. Diese eine Dimension genügte ihr nicht. Ihr schwebte etwas in platonischem Sinne ›Rundes‹ vor. Sie wollte die Person von allen Seiten kennenlernen.

Sie hatte Amend schon früher einmal gefragt, ob er noch mit einem seiner Lehrer in Verbindung stehe, und er hatte ihr bereitwillig den Namen und auch die Anschrift genannt, ein Dr. Platz in Mannheim. Ihre Anfrage bei ihm – er war nicht mehr im Schuldienst tätig, sondern betrieb eine Musikalienhandlung – wurde umgehend und ausführlich beantwortet. Sie war auf eine Schreibader gestoßen! Ein elf Seiten langer, handgeschriebener Brief. Die Schrift dieses Mannes floß über die Zeilen hinweg, füllte den ganzen Bogen, keine Absätze. Wenn der Raum am Ende einer Zeile für ein längeres Wort nicht ausreichte, verstümmelte er es lieber, als daß er es trennte, schrieb in einigen Fällen sogar senkrecht nach oben weiter, so daß die Buchstaben wie Raupen am Blattrand hochkrochen. Dieses ›Nicht-trennen-Wollen‹ schien P. bezeichnend für das Wesen dieses Mannes, eines offensichtlich passionierten Pädagogen. Mehrfach verwendete er den Ausdruck ›pädagogischer Eros‹, der nicht nur ihn, sondern auch die anderen Lehrkräfte des betreffenden Schullandheims beseelt habe. Sein Freimut, der sich auch in der Schrift ausdrückte, ging bis zur Indiskretion, allerdings nur, was seine eigene Person anlangte!

›Besonderer Vorkommnisse wegen‹, auf die er nicht näher einging, hatte er ›den Staatsdienst bereits in jungen Jahren quittieren müssen‹. Er hatte eine neue Aufgabe in dem Schullandheim ›Sonnenhof‹ gefunden, dessen landschaftlich schöne Lage oberhalb der Donau er mehrfach rühmte. Ein schloßähnlicher Besitz, bis Kriegsende als Arbeitsdienstlager benutzt, dann lange leerstehend. Der Staat unterstützte, wenn sie Dr. Platz richtig verstand, den Schulversuch ideell, aber nicht finanziell, wodurch die Gründer, eine Handvoll begeisterter Lehrer und Lehrerinnen, von staatlicher Beeinflussung frei blieben, aber nicht vom Einfluß der Geldgeber, der Eltern.

›Die Schüler‹, schrieb Dr. Platz wörtlich, ›stammten zumeist aus gestörten Familien, ein Ausdruck, der bei uns nie verwendet wurde. Die meisten von ihnen waren schulisch schon mehrfach gescheitert, auch das spielte für uns Lehrer keine Rolle. Die meisten Lehrkräfte waren ja ebenfalls, zumindest an den Schulbehörden, gescheitert, was nach meiner Meinung kein Nachteil, sondern eher ein Vorteil ist. Das Wort »Ordnung« wurde in unserem Schullandheim klein geschrieben. Wir waren der Überzeugung, daß Unordnung gedeihlicher ist für junge Menschen, die an der Ordnung andernorts gescheitert sind. So wenig Verbote wie möglich! Spielend lernen, lernend spielen. Die musischen Fächer waren den geisteswissenschaftlichen und den naturwissenschaftlichen ranggleich, griffen ineinander über. Wir wollten den frühen kindlichen Spiel- und Lerntrieb unauffällig, ohne Zwang, nutzen. Die Teilnahme am Unterricht, den wir übrigens nicht »Unterricht« nannten, war den Schülern, die wir auch nicht »Schüler« nannten, wie wir die Lehrer nicht »Lehrer« nannten, freigestellt. Wir bildeten eine große Lern- und Lebensgemeinschaft. Die Erwachsenen unterrichteten nicht nur, sie lernten mit den jungen Menschen zusammen, etwa eine weitere Fremdsprache. Wir redeten uns mit Vornamen und mit »du« an. Noch heute bin ich davon überzeugt, daß unser Ideal im Ansatz richtig war. Der Wissensvorsprung, den Lehrer Schülern gegenüber haben, wurde verringert. Wir machten übrigens auch keine Unterschiede zwischen Jungen und Mädchen. Die Schwierigkeiten, die es dann gab, rührten vor allem daher, daß die Kinder nicht mit vier oder fünf Jahren zu uns kamen, sondern erst mit zwölf oder dreizehn, in einem Alter also, wo sie pädagogisch bereits verdorben waren. Es wurde bei uns gestalterisch gearbeitet, die Kinder lernten, mit Holz, Papier oder mit Ton umzugehen, das Schöpferische wurde gefördert. Wir kamen mit unseren Ideen aber zehn Jahre zu früh! Es wurden Theaterstücke gespielt. Auch das Rollenspiel gehörte zu unseren Lernmethoden. Mädchen spielten Männerrollen und umgekehrt. Es wurde getanzt. Wir wollten anmutige Menschen heranziehen. Die Kinder waren für unsere Versuche zu alt, das erwähnte ich schon, aber die Lehrer waren ebenfalls zu alt, zu eingerastet, nicht mehr beweglich genug. Sie werden wissen, daß es in allen Internaten zu homosexuellen Beziehungen kommt. Bei uns, unter unseren besonderen Umständen, erst recht. Trotzdem war der Ausdruck »Auswüchse« übertrieben! Wir sahen diese erotische Erscheinungsform als einen Übergang an, den jeder Heranwachsende durchmacht. Ich will damit nicht sagen, daß wir homoerotische Freundschaften förderten, aber sie standen nicht unter Strafe. Jegliche Strafen waren verpönt. Man kann nicht jemanden schlagen, den man liebt! Diese ganz einfachen Wahrheiten sind vielfach unbekannt. Den Lehrern war nichts gestattet, was den Schülern verboten wurde. Worunter natürlich Tabak und Alkohol, auch Drogen fielen. Die Schüler und Schülerinnen wuchsen gemeinsam auf und wurden nicht beaufsichtigt. Das Wort »Aufsicht« war in unserem Vokabular ebenfalls gestrichen. »Mangelnde Aufsichtspflicht« wurde uns später denn auch vorgeworfen. Wir lasen zum Beispiel Georg Büchner nicht in einer gereinigten Schulausgabe, sondern im Original. Und wenn es von der Marie im »Woyzeck« heißt, daß sie »sieben Paar lederne Hosen durchguckt«, dann wurde das nicht gestrichen. Unsere Kinder kicherten bei solchen Sätzen auch nicht! Wir wollten auf das Leben vorbereiten, nicht nur auf einen Beruf. Uns schwebte ein intaktes Gemeinwesen vor. Wir strebten eine, wenn auch notgedrungen nur teilweise, Selbstversorgung an. Es wurde Obst und Gemüse angebaut und im Wald Holz geschlagen. Lehrer und Schüler kauften gemeinsam ein, es wurde in Gruppen gekocht. Personal gab es nicht. Die Räume mußten von jenen saubergehalten werden, die sie benutzten, dasselbe galt für die Wäsche. Im Grunde alles Selbstverständlichkeiten. Es regelt sich in der kindlichen Erziehung vieles von selbst. In der Presse war dann später von »Verwahrlosung« die Rede. Richtig daran ist, daß uns die Sache über den Kopf wuchs, vor allem wirtschaftlich. Die Eltern beschuldigten uns, hohes Schulgeld zu verlangen und trotzdem die Kinder ihre Räume selber säubern zu lassen. Daß die Kinder sie selbst benutzt und verschmutzt hatten, ging den Eltern nicht auf. Unsere Methode wurde in ihrer Grundidee nicht verstanden! Leider war keiner von uns Lehrern in der Lage, den Versuch publizistisch wirksam darzustellen. Es widerstrebte uns auch, unsere Ideen zu verkaufen. Und jetzt komme ich – Sie werden sagen: endlich! – zu dem Gegenstand Ihrer Frage. Ich muß zunächst klarstellen, daß jeder Pädagoge seinen Liebling hat. Nur wenn er den gefunden hat, ist er befähigt, die anderen Schüler auch, oder sagen wir ruhig mit zu unterrichten. Es handelte sich bei Amend um einen solchen Liebling. Nach längerem Nachdenken muß ich gestehen, daß ich wenig über die Herkunft weiß. Wir nahmen die Kinder an, ich benutze hier mit Bedacht diesen fast biblischen Ausdruck. Wir fragten nicht, woher sie stammten, um unbeeinflußt zu sein. Wer hatte uns dieses Kind geschickt? Ich weiß es nicht! Wir fragten nicht, dafür fragten die Eltern um so mehr, sie wollten Ergebnisse sehen, wollten wissen, wo ihr Geld blieb. Natürlich war es nicht billig, ein Kind bei uns unterzubringen. In den meisten Fällen schoben Eltern Kinder, die ihnen lästig waren, ab. Es gab Freiplätze, die von wohlhabenden Eltern mitfinanziert werden mußten. Dieser »Liebling« Amend hatte einen solchen Freiplatz. Man hat versucht, mir »Unzucht mit Minderjährigen« vorzuwerfen. Es kam zu einem Verfahren, in dem man mir aber nichts nachweisen konnte. Ich lege Ihnen die Zeitungsausschnitte in Ablichtungen bei. Andere Schüler fühlten sich zurückgesetzt. Ich nehme an, daß die Anzeige – sie war anonym – aus dem Kreis der Schüler gekommen ist. Amend neigte zur Schwärmerei. Ich ließ sie mir gefallen, gern gefallen! Ich unterstützte sie auch, sie äußerte sich vor allem in Gedichten. Auch pädagogischer Eros muß genährt werden. Aber bringen Sie das einer Schulbehörde bei! Schwärmerei eines Heranwachsenden darf nicht unterdrückt werden, sonst wird die Begeisterungsfähigkeit für immer vernichtet! Es fand im Laufe des Gerichtsverfahrens so etwas wie eine »Tatortbesichtigung« statt. Andere Mißstände wurden bei dieser Gelegenheit aufgedeckt, lenkten das Interesse von mir ab und auf unsere gesamte Schule. Man fand in kleinen Mengen Rauschgift. Auch das hatten wir geduldet. Unter Verbot gestellt, hätte sich das »Haschen« zu einer Sucht ausgebreitet, so blieb es unter unserer behutsamen Kontrolle, wurde von einigen Lehrern auch mitgemacht. Man fand bei mir einige, wie es dann hieß, »verfängliche« Gedichte. Das meiste war angelesen, Villon, Baudelaire. Man kann ein Gedicht nicht verteidigen! Zu meiner Überraschung verließ man sich plötzlich – was man doch sonst nie tut – auf Gedichte, nahm mich gewissermaßen beim Wort! Hinzu kam noch etwas anderes. Mit siebzehn

Jahren machte Amend noch immer grammatikalische Fehler. Zur gewissenhaften Beachtung der Rechtschreibung und Zeichensetzung braucht man Geduld. Mir war das klar und begreiflich, den Schulbehörden nicht. Sie sahen also bei den Gedichten nicht nur auf den Inhalt, der mißfiel, auch auf die Recht- bzw. Falschschreibung. Sie waren empört, »außer sich«. »Pädagogisches Außer-sich-Sein«, falls Sie sich das vorstellen können! Es war zum Lachen. Tatsächlich habe ich während der Hauptverhandlung, die öffentlich war, gelacht. Sie sehen es auf dem beigelegten Zeitungsausschnitt und lesen es in der Unterschrift. »Angeklagter Lehrer lacht anklagende Behörde aus«.‹

Auf der letzten Seite seines Briefes unterrichtete Dr. Platz sie über sein eigenes weiteres Ergehen. Eine Kollegin, die sich ›ähnlichen Anschuldigungen ausgesetzt sah‹ wie er, erbte zu diesem Zeitpunkt eine Musikalienhandlung. Sie zogen gemeinsam einen Strich unter alles, was Schule hieß, und übernahmen ›den Laden‹.

›Aber Sie wollen ja nichts über mich, sondern über meinen Liebling wissen‹, schrieb er dann noch, ›und ob ich weiterhin mit ihm in Verbindung stehe. Anhänglichkeit ist heute rar geworden. Aber zu meiner Freude tauchen immer wieder ehemalige Schüler bei uns auf, auch Amend.

Gilt Ihr Interesse auch den schulischen Leistungen? Da kann ich keine Auskünfte geben, übliche Zensuren wurden bei uns nicht verteilt. Die Begabung war nicht übermäßig groß.‹ (Er wußte wohl nicht, daß Amend ein Zwilling ist. Inzwischen hat die Zwillingsforschung durch Testreihen herausgefunden, daß die Begabung der Zwillinge hinter der von Einzelkindern zurückbleibt.) ›Sie vermuten ein schriftstellerisches Talent? Darüber kann ich nichts sagen. Mich hat immer mehr das Talent zum Leben interessiert. Andere werden vermutlich von einer gescheiterten Existenz reden. Nichts wird zu Ende gebracht. Keine Abschlüsse. Keine

Anstellung auf Lebenszeit. Es hat sich mittlerweile ergeben, daß das Interesse meiner Lebensgefährtin an dem »Liebling« größer ist als meines. Aber im Gegensatz zu mir ist sie keine Briefschreiberin.‹

Die dem Brief beigefügten Zeitungsausschnitte dienten lediglich zur Bekräftigung dessen, was bereits in dem Brief stand. Der Schulversuch wurde als ›ein deutsches Summerhill‹ bezeichnet, allerdings mit Fragezeichen versehen. Anfang der sechziger Jahre wurde die Lehranstalt jener ›besonderen Vorkommnisse wegen‹ geschlossen.

In einem Nachsatz teilte Dr. Platz noch mit, daß er zunächst in seiner ›berechtigten Verbitterung‹ vorgehabt habe, über die Ereignisse im ›Sonnenhof‹ zu schreiben, vor allem über seine Erfahrungen mit Schülern, die man in Freiheit heranwachsen ließ. Aber mitten in seine Arbeit hinein seien dann die ersten Berichte aus ›Summerhill‹ gekommen. Für einen kleinen Erfahrungsbericht über einen deutschen Schulversuch habe kein Interesse mehr bestanden. ›Sie werden gemerkt haben, daß ich das Wort »Internat« nicht verwende; es klingt zu sehr nach »Internierung«. Ich benutze auch das Wort »antiautoritär« nicht, obwohl es damals in aller Munde war. Wir wollten nicht »gegen« etwas sein, wir wollten »anders« sein. Anders-Sein steht nach meinen Erfahrungen bereits unter Strafe! Von meinem pädagogischen Eros ist nicht viel übriggeblieben!‹

Auf den ersten Blick waren es nur wenige Angaben, die P. über Amend erhielt, aber als sie den Brief ein zweites Mal las, begriff sie die Wichtigkeit: In diesem Schullandheim ›Sonnenhof‹ war gefördert worden, was als Anlage bereits in dem Kind lag, auch das, was sie ›das Friedliche‹ an ihm nannte. Das, was sie bisher als ›Ungezogenheit‹ empfunden hatte, stellte nur eine Verweigerung von Respekt dar, Respekt vor Alter, Respekt vor Erfolg, vor Besitz; das alles war Amend nicht wichtig.

Als am nächsten Tag das Telefon klingelte, sagte sie wie immer: »Ja, bitte?« Diesmal sagte Amend nicht ›Hallo‹, sondern: »Ich störe!«

Er behauptete, er könne ihrem ›Ja, bitte‹ anhören, daß jede Störung unerwünscht sei. Sie sagte: »Nicht jede!«

Da es regnete, verabredeten sie, sich in einem Café zu treffen. P. war ungeduldig, wollte mit ihrem Projekt weiterkommen. Ohne lange Vorrede fragte sie deshalb: »Wollen Sie mir ein wenig über Ihre Pubertät erzählen?«

Amend warf einen Blick auf den Scheck, den sie ihm wortlos hingelegt hatte. Bevor er etwas dazu bemerken konnte, sagte sie: »Damit hat das nichts zu tun! Sie sind weiterhin völlig unabhängig, zu keinerlei Auskünften verpflichtet.«

»Ich pubertiere immer noch«, sagte er als Antwort auf ihre Frage. »Das ist vermutlich in Ihrem Sinne? Ständige Weiterentwicklung.«

»Sie sollen erzählen und nicht reflektieren!« ermahnte sie.

»Sie wollen mich festlegen!«

Wieder kam kein rechtes Gespräch zustande, sondern nur ein Geplänkel, ein Florettfechten, das ihr aber diesmal lästig war. Amend merkte es, schob den Scheck in die Jackentasche und lenkte ein.

»Vergessen wir das also! Wissen Sie, wie es in einem Schlafsaal von pubertierenden Jungen riecht?«

»Ich kann es mir vorstellen.«

Er sah sie erheitert an, als zweifele er an ihrem Vorstellungsvermögen. P. fügte also hinzu: »Ich kann mir sehr viel mehr vorstellen, als Sie vermuten.«

»Wissen Sie, worüber dreizehnjährige Mädchen miteinander sprechen?«

»Das weiß ich sogar aus eigener Erfahrung! Als ich dreizehn Jahre alt war, kam ich von einem Kleinstadt-Gymnasium in das Oberlyzeum einer Großstadt, eine ›reine Mädchenschule‹.«

»Man kann es nachlesen. Auch in Ihrer Biographie gibt es Abweichungen. Sie geben verschiedene Geburtsorte an.«

Heftiger, als es ihre Art war, entgegnete P.: »Für wen ist das wichtig? Man muß nicht alles von mir wissen!«

»Darin sind wir uns einig.«

Das Gefecht stand unentschieden. Um das Schweigen zu brechen, sagte P.: »Schere oder Stein?«

Amend zeigte mit Zeige- und Mittelfinger eine Schere, zog dann die Taschenbuchausgabe des ›Törless‹ aus der Tasche, die Internatserfahrungen des Dichters Musil. P. hatte ihm das Buch bei ihrem letzten Treffen geliehen, weil sie herausgefunden hatte, daß er auf Umwegen mehr von sich preisgab als bei unmittelbarem Nachfragen.

»Wußten Sie, daß Musil seine Kadettenanstalt später ›das Arschloch des Teufels‹ genannt hat?«

»Was für Wörter aus Ihrem Munde!«

»Ich zitiere sie.«

»Sie können aus mir keinen Törless machen.«

»Hat man Sie im Internat gequält?«

»Das Mitgefühl der Autorin mit ihrem Gegenstand! Sie sehen aus, als würde es Ihnen leid tun«, sagte Amend lachend.

»Es würde mir sehr leid tun«, sagte P., ohne zu lachen.

»Es steht ein wichtiger Satz in dem Buch.«

»Es stehen viele wichtige Sätze darin.«

»Was ich meine, steht hinten, auf der letzten leeren Seite, von Ihnen mit Bleistift geschrieben.«

Amend schlug das Buch auf, suchte die betreffende Notiz und las sie vor:

»›Über das tägliche und nächtliche Einerlei nachdenken!‹ Wann war das? Wann hat Sie das tägliche und nächtliche Einerlei interessiert?«

P. lehnte sich zurück, um sich sichtbar zu distanzieren.

»Ich erinnere mich nicht.«

»Sie wollen nicht erinnert werden«, stellte Amend richtig.

»Deuten Sie es, wie Sie wollen!«

»Jetzt sind Sie verstimmt. Sie sind leicht verstimmt.«

Er beugte sich über den Tisch, legte seine Hände einen Augenblick lang auf ihre und sagte: »Verzeihung!«

Sie holte den Brief des Dr. Platz aus der Handtasche und legte ihn offen auf den Tisch. Amend erkannte sofort die Schrift, blieb aber unberührt.

»Hat er Ihnen auch von unseren Reisen geschrieben?« fragte er nur.

»Kein Wort.«

»In den Ferien nahm er mich mit auf seine Reisen. Er interessierte sich für Steine. Morgens zogen wir mit Brot im Rucksack los, abends hatten wir statt dessen Steine darin. Es war in Österreich. In den Eisenerzer Alpen, aber einmal auch im Apennin, in der Gegend von Carrara. Während der Sommerferien. Ich hielt gegen die glühende Hitze den großen schwarzen Schirm über ihn, und er klopfte Steine.«

»Er erwähnt diese Reisen mit keinem Wort.«

»In der Gerichtsverhandlung spielten sie aber eine erhebliche Rolle.«

»Für Sie auch?«

»Die Mitschüler fuhren in den Ferien nach Hause. Daß ich mit Dr. Platz in die Ferien fuhr, wußte niemand.«

»Erwiderten Sie seine Zuneigung?«

»Natürlich. Sonst wäre ich doch nicht mit ihm gefahren! Ich war auch noch nie in meinem Leben gereist. Ich verdanke ihm viel. Diese Reiseerfahrungen kamen mir später zustatten. Ich habe mich eine Zeitlang als Reiseleiterin über Wasser gehalten. Man hatte eine ›gutaussehende junge Dame mit Reiseerfahrungen‹ gesucht. Mit Dr. Platz reiste ich übrigens als sein Sohn. Vater und Sohn. Ganz unverfänglich.

Da gab es auch in den Gasthöfen keine Schwierigkeiten mit der Unterbringung.«

Amend machte eine Pause. P. benutzte sie, um eine entscheidende Frage zu stellen.

»Im Vertrauen! Sie müssen nicht antworten. Hat dieser Dr. Platz Sie mißbraucht?«

Amend sah sie fragend an.

»Mißbraucht? Wieso mißbraucht? Und wieso im Vertrauen? Da sehe ich nichts Vertrauliches, Dunkles. Kein Beichtgeheimnis. Ich war glücklich. Natürlich kam es, falls Sie das meinen, zu Zärtlichkeiten. Drücke ich das dezent genug aus? Jungens hatten es damals auch mit mir machen wollen, aber sie waren zu ungeschickt und zu ungestüm. Außerdem interessierten sie sich kaum für mich. Ich war selber ein halber Junge. Ich habe mich übrigens immer zu älteren Menschen hingezogen gefühlt.«

Das letzte sagte Amend, als gälte es, P. eine kleine Liebeserklärung oder ein Kompliment zu machen. Er wollte das Thema offensichtlich abschließen. Wieder hatte P. das Gefühl, als interessiere ihn seine Vergangenheit nicht, als fehle in seinem Bewußtsein dieser ganze Bereich des Früheren, Gewesenen. Außerdem hatte er auch diesmal wie einer geantwortet, der nicht gewohnt ist, daß man ihn fragt, daß man überhaupt nach ihm fragt. Hatte sie an etwas gerührt, was besser in Ruhe gelassen worden wäre? Sie fragte sich, warum sich Dr. Platz in seinem Brief so arglos gab und von den gemeinsamen Reisen nichts erwähnt hatte. Hing es damit zusammen, daß auch er nichts Schuldhaftes daran sah?

Amend schreckte sie aus ihren Gedankengängen auf.

»Worüber denken Sie noch nach?«

Sie wich in eine Gegenfrage aus: »Was hatten Sie in diesem Alter, sagen wir mit siebzehn, für Pläne? Was wollten Sie werden?«

»Keine Ahnung! Ich weiß es ja heute noch nicht. ›Etwas werden‹ bedeutet, daß man eines Tages etwas ist, und ich will nichts sein. Kein Jurist. Kein Abteilungsleiter. Keine Hausfrau. Ich will mir die Möglichkeit zu allem offenlassen.«

»Ihre Möglichkeiten werden von Jahr zu Jahr geringer!«

Schon wieder war sie in diesen belehrenden Tonfall geraten, sah sich wie eine Kassandra an seinem Lebensweg hocken.

Amend fragte zurück, statt zu antworten: »Und Sie? Wann haben Sie sich entschieden?«

Wahrheitsgemäß sagte P.: »Gar nicht. Es hat sich eines Tages entschieden. Ich hatte versuchsweise angefangen zu schreiben, und bald darauf mußte ich schreiben, dieses eigentümliche Schreibenmüssen.«

»Das ist der Unterschied. Ich muß nicht schreiben.«

»Aber Sie können es. Das wenige, das ich bisher von Ihnen gelesen habe, bestätigt es.«

»Und worüber sollte ich schreiben? Über mein verkorkstes Leben? Das Buch als Anklageschrift? Ich war mit Zwanzig nicht zornig und bin mit Dreißig nicht verbittert. Oder soll ich über die Donau schreiben? ›Mein Lebensfluß‹? Wissen Sie, was schon alles über die Donau geschrieben worden ist?«

»Wenn man schreibt, muß man vergessen, daß andere ebenfalls schreiben.«

»Aber ich will lieber leben als schreiben.«

»Lebe ich Ihrer Ansicht nach nicht?«

»Wenn Sie Schreiben als ›Leben‹ empfinden, wird es wohl stimmen. Sie tun, als lebten Sie, und in Wahrheit schreiben Sie, und dann wieder tun Sie, als schrieben Sie, und in Wirklichkeit leben Sie und sitzen mit mir in einem realen Café.«

Er schob sich ein Stück Torte in den Mund und sagte

kauend: »Können Sie sich vorstellen, daß ich mit Siebzehn dick war, richtig dick?«

Er blies die Backen auf, so daß sein Gesicht treuherzig rund wurde, und erzählte, daß er im Schullandheim zum Faschingsfest als Litfaßsäule aufgetreten sei, von oben bis unten mit Bildern aus Zeitschriften beklebt. »John F. Kennedy. Fidel Castro. Und Chruschtschow, natürlich, auch Adenauer, alle friedlich beieinander, und dazu viele Nackies mit üppigen Busen und schönen Hintern. Chruschtschow lehnte den Kopf an solch einen Busen, andere große Männer bevorzugten schöne Hinterteile.«

»Hat niemand daran Anstoß genommen?«

»Ich habe sogar einen Preis erhalten.«

»Haben Sie darunter gelitten, dick zu sein? Waren Sie unglücklich?«

»Warum? Ich aß einfach gern. Das tue ich heute noch. Ich koche auch gern. Als ich mich dann unglücklich verliebte, wurde ich ganz von selbst dünn, und bald darauf war ich nicht mehr unglücklich, sondern glücklich. Glücklich verliebt!«

In wen verliebt? Eine Frage, die P. nicht stellte.

Immer wieder, sobald Amend etwas erzählte, endete seine Geschichte mit ›ganz von selbst‹. Immer mehr hatte P. den Eindruck, als habe sich in diesem Leben ›alles von selbst‹ geregelt.

Mit siebzehn Jahren also dick. Wieder so ein Mosaiksteinchen, das Amend ihr wie ein Geschenk zukommen ließ.

11

Schon bald, nachdem Amend bei ihr aufgetaucht war, hatte P. sich mit dem Kulturamt der Stadt in Verbindung gesetzt. Ihr war bekannt, daß dort gerade eine Stelle frei geworden war, die einige journalistische Kenntnisse erforderte. Sie empfahl, ohne sein Wissen, Mario Amend. Ihre Empfehlung genügte, daß man sich mit der betreffenden Person befaßte, aber offenbar so eingehend, daß darüber längere Zeit verstrich. Dann teilte man ihr telefonisch mit, daß die von ihr empfohlene Marion Amend (man sprach von einer weiblichen Person!) bedauerlicherweise für die Stelle nicht in Betracht käme. Als sie nach dem Grund der Ablehnung fragte, gab man ihr ausweichende Antworten; man betonte aber mehrfach, man hätte ihr gerne hinsichtlich dieser Person einen Gefallen erwiesen, da es sich offensichtlich um einen ›Schützling‹ von ihr handele. P. widersprach dieser Bezeichnung nicht: Sie wollte in der Tat Amend schützen. Man schützt nur, was man liebt.

Durch eine Indiskretion erfuhr sie dann, daß man Nachforschungen über Amend angestellt und sogar die Datenbank eingeschaltet hatte. Dabei hatte man herausgefunden, daß die Person nach einer Demonstration der ›Außerparlamentarischen Opposition‹ für mehrere Stunden festgenommen worden war.

Als Marion war Amend demnach politisch unzuverlässig! Zunächst stieg Verärgerung und Unwille in ihr darüber auf, daß andere durch Nachfrage und Knopfdruck mehr über jemanden erfuhren als sie mit ihren umständlichen Nachforschungen, dann aber auch Empörung über die Datenerfassung, die derart in ein persönliches Leben eingriff. Das Recht zur Demonstration war schließlich im Grundgesetz verankert, und einen Grund zum Demonstrieren mochte es gegeben haben. Und wenn man einen jungen Menschen für ein paar Stunden festgenommen hatte, mit oder ohne Grund, konnte er doch nicht gleich als ›politisch belastet‹ gelten wie zur Zeit der Nationalsozialisten. Was für ein Mißbrauch des Begriffs ›politisch belastet‹!

P. spürte, daß sie übertrieben heftig für ihren Schützling Partei nahm. Da sie aus ihrer Meinung auch offiziellen Stellen gegenüber kein Hehl machte, mußte sie sogar damit rechnen, daß man sie jetzt für die Sympathisantin einer Sympathisantin hielt.

Sie versuchte, sich Amend in dieser Rolle vorzustellen. Es geriet ihr nicht. Mitglied der APO oder gar Terroristin – ein absurder Gedanke! Auch zum engeren Kreis der Sympathisanten konnte sie nicht gehört haben. Hatte sie Wohnungen besetzt? Kaufhäuser angezündet? Jede Form von Gewaltanwendung, sei es gegen Personen oder Sachen, war bei Amend auszuschließen. Unter demonstrierenden Frauen, die erbittert um ihre Gleichberechtigung kämpften, konnte P. sie sich ebensowenig vorstellen wie zwischen männlichen Rockerbanden.

Natürlich handelte es sich im bürgerlichen Sinn um eine gescheiterte Existenz. Wenn man älter als Dreißig war, hatte man sich normalerweise angepaßt; die Ideale, für die man einmal gekämpft hatte, fielen unter Jugendtorheiten. Mit größerer Berechtigung als andere hätte Amend die besonderen, ungünstigen, Umstände seiner Herkunft und seiner Kindheit geltend machen können, statt dessen hatte er bei einem ihrer Spaziergänge gesagt: »Mit mir scheint etwas nicht zu stimmen.« Keine Rede von Schuld des Schicksals.

P. erinnerte sich an dieses Gespräch sehr genau. »Es muß wohl an mir liegen!«

Länger als ein Jahr hatte die Person allem Anschein nach nirgendwo eine Tätigkeit ausgeübt, weder als Mario noch als Marion Amend. Sobald man ihn nach entsprechender Volontärzeit unter Vertrag nehmen wollte, hatte er nicht etwa gekündigt, sondern sich so verhalten, daß ihm gekündigt werden mußte; nur nach einer Entlassung hat ein Arbeitnehmer Anspruch auf Arbeitslosenunterstützung. Die neue Arbeitssuche zog sich dann jeweils hin, besser: Er zog sie hinaus, lebte ›bedürfnislos, aber frei‹, ›reiste in der Welt umher‹. In jener Zeit war er wohl bei der ›kleinen Reisegesellschaft‹ beschäftigt gewesen, die bald darauf in Konkurs ging. Er war immer wieder in Pleiten hineingeraten. Das mochte daran gelegen haben, daß er keine lückenlosen Arbeitsverhältnisse nachweisen konnte. Er war ein ausgesprochener Pechvogel. ›Aber auch ein Pechvogel kann fliegen‹, hatte er einmal P. gegenüber geäußert.

Sie hatten keine Verabredung für eine neue Begegnung getroffen. P. war davon ausgegangen, daß Amend sich wieder melden würde. Aber er gab kein Lebenszeichen von sich. Sie war in Abhängigkeit geraten. Bei jedem Klingelzeichen des Telefons wartete sie auf sein ›Hallo‹. Die eingehenden Postsachen sah sie nach Briefen durch, die seine Handschrift trugen.

»Was macht deine Person?« erkundigte sich ihr Mann.

»Sie scheint untergetaucht zu sein. Es ist wohl ihre Art, aufzutauchen und wieder unterzutauchen.«

Sie sagte das beiläufig, als beträfe es sie nicht weiter.

»Das Verhalten eines Haubentauchers«, bemerkte ihr Mann ironisch.

»Wahrscheinlich stellt sie sich irgendwo vor und ist als ›Bewerber‹ unterwegs. Sie ist ohne Anstellung.«

Sie verschwieg, daß sie sich an mehreren Stellen für Amend verwendet hatte. Währenddessen betrieb sie ihre Nachforschungen weiter. In dem Augenblick, als sie das Einwohnermeldeamt in Regensburg anschreiben wollte, den Briefumschlag bereits in die Schreibmaschine gespannt hatte, wurde ihr bewußt, daß sie etwas Ungehöriges tat. Aus ihrer Suche war eine Fahndung geworden! Sie war bestürzt. Sie wollte sich diesen schönen Vogel einfangen, und er hatte sich rechtzeitig davongemacht.

Wenn man meinte, diese Person einzuladen, machte sie aus der Einladung das Geschenk ihrer Anwesenheit. Sie kannte ihren Wert. Auch den Wert ihrer Jugend, die sie wie ein Scheckheft benutzte.

Auffällig war, daß Amend immer wieder Assistententätigkeiten ausgeübt hatte, Tätigkeiten ohne eigene Verantwortung. Regieassistenz bei einem Fernsehregisseur für die Dauer einer Produktion; er hatte ihr sogar den Namen genannt, sie kannte ihn. Dann wieder hatte er als Verlags-Assistentin gearbeitet; in ähnlicher Funktion auch in einem Büro für Industrie-Werbung. ›Ich bin eine rechte Hand‹, so ähnlich hatte er diese Tätigkeiten einmal zusammengefaßt. Dann hatte er wieder monatelang Arbeitslosenunterstützung bezogen.

Er lebte in den Tag hinein. Unbekümmert? Vielleicht sogar getrost? Hatten das die Psalmen bewirkt, die im ›Klösterchen‹ in ihn hineingesungen wurden? Kannte er wirklich keine Lebensangst? Er sagte (im Zusammenhang mit einer Bemerkung über seinen Koffer): ›Ich habe wenig zu verlieren.‹ Ein Satz, der wohl bedeutungsvoller gemeint war, als sie ihn zunächst aufgefaßt hatte.

Das, was man heute unter dem Begriff ›Berührungsangst‹ verstand, war an ihm nicht wahrzunehmen, im Gegenteil: Er suchte körperliche Berührung, die sie ihrerseits mied. Er faßte, wenn er neben ihr herging, nach ihrem Arm, legte seine Hand auf die ihre, ließ sie dort liegen, drückte sie, was P. als Druckausüben empfand. Seine Anziehungskraft war groß und wurde noch dadurch verstärkt, daß er seine Finger wie Fühler (zunächst hatte sie seine Finger mit ›Luftwurzeln‹ verglichen, was falsch war) nach anderen Lebewesen ausstreckte. Keineswegs nur nach Menschen. Er ließ Zweige durch die Hand gleiten, ohne sie dabei zu verletzen; er riß weder Blüten noch Blätter ab, was sie selbst oft gedankenlos tat. Er hob Kastanien vom Boden auf, rieb sie zwischen den Fingern, bis sie warm wurden. (Die Frucht der wilden Quitte aus ihrem Garten!)

Der Name des Regisseurs war P. geläufig. Er hatte für das Regionalprogramm eine Reihe von Familien-Serien inszeniert; erst vor kurzem hatte er an einem Podiumsgespräch teilgenommen, in dem er der Gesprächsrunde und den Zuschauern am Bildschirm versichert hatte, daß es ihm im Grunde um das filmische Experiment ginge, diese Familien-Serien seien nur die finanzielle Voraussetzung, die ihm die Verwirklichung seiner Ideen ermöglichte. Er wirkte selbstbewußt und sicher, allerdings auch eitel, und war mit seinen fünfundsechzig Jahren von beneidenswert gutem Aussehen. P. hatte – nicht erst durch Amend – von seiner Vorliebe für Männer im Knabenalter gehört, eine Vorliebe, die ihn zu verjüngen schien. Er pflegte sich mit einer Schar junger Männer zu umgeben; die Mehrzahl erst machte sie für ihn reizvoll. Nur noch selten, hieß es, wählte er sich aus der zwittrigen erregenden Gruppe einen Günstling aus. Ob er sich seine ›Epheben‹ selbst suchte oder ob man sie ihm zuführte, war ihr nicht bekannt, wohl aber, daß sie die Zuneigung des einflußreichen Regisseurs ausnutzten. Die Abhängigkeit mochte also wohl beiderseitig sein.

Im Sommer des vergangenen Jahres hatte Amend zu diesen Epheben gehört. Die Fernsehgesellschaft hatte ihn zunächst als Beleuchter eingestellt. (Der Blick des Regisseurs fällt immer zuerst auf den, der den Scheinwerfer in die richtige Position zu bringen und die Szene auszuleuchten hat, vorausgesetzt, daß er schön gewachsen ist.)

Mehrere Wochen lang hatte man in einem Waldgebiet nahe der holsteinischen Ostseeküste gedreht. Wieder eine Familien-Serie, diesmal im Waldarbeiter-Milieu, daher die vielen Außenaufnahmen. Das Drehbuch sah ungelernte Arbeiter vor. Da solche nicht verfügbar waren, mußten ungelernte Schauspieler ungelernte Waldarbeiter spielen. Um die schweren Arbeitsbedingungen augenfälliger zu machen, sollte bei bedecktem Himmel, möglichst bei Regen und Sturm, gedreht werden. Ein Windbruch mußte in ›harter körperlicher Arbeit‹ mit nur wenigen Treckern gerodet werden. Der Himmel war jedoch zu dieser Zeit zumeist nicht grau, sondern strahlend blau, dazu herrschte fast durchweg Windstille. Es mußten immer wieder unerwünschte und kostspielige Drehpausen eingelegt werden, während deren die Epheben sich auf den gefällten Kiefernstämmen lagerten und sich in engen Jeans und T-Shirts, manche auch mit entblößtem Oberkörper, sonnten.

Mario, während der Außenaufnahmen nicht als Beleuchter, sondern als Statist, als Waldarbeiter also, eingesetzt, lenkte die Aufmerksamkeit des Regisseurs ein zweites Mal auf sich, als er aus seinem blauen Overall stieg und nur noch mit knappsitzenden Shorts und Polohemd bekleidet war; nackte Beine bekam er bei seinen Epheben, die ihre Jeans wie eine zweite Haut trugen, selten zu sehen. B. zieht Amend ins Gespräch, Interesse und Zuneigung gehen rasch ineinander über. Die Nebenbuhler werden aufmerksam, wittern Konkurrenz, bilden eine Phalanx aus Rivalität und Eitelkeit, mit der sie, unbeabsichtigt, den Neuling Amend schützen. Als der Regisseur seine Hand bereits auf Marios Nacken legt, ertönt der Ruf des Aufnahmeleiters: »Wolke in Sicht!«

Diese Wolke schiebt sich vor das zunächst nur flüchtige Interesse.

»Probe! Wir drehen!« Amend, nun wieder im Overall, entfernt mit dem Beil die Äste einer Kiefer, die der Sturm entwurzelt hatte.

Da man mit Originalton arbeitet, ziehen sich die Proben hin. Die Sonne kommt erneut zum Vorschein und bewirkt die nächste Drehpause. Da sie nach vager Schätzung mindestens eine Viertelstunde dauern wird, steigt Amend wieder aus dem Overall, bindet die Turnschuhe fester und startet zu einem Dauerlauf. Er läßt seine Beine (›die sich sehen lassen können‹) sehen und dreht einige Runden, wobei er mehrmals an dem Film-Team vorbeikommt. Sobald eine Wolke aufzieht, beendet er rechtzeitig seinen Lauf. Schweiß liegt wie ein dünner Film auf seiner gebräunten Haut, er keucht nicht, aber sein Atem geht rascher, erregter, erhitzter. Erneut lenkt er die Aufmerksamkeit des Regisseurs auf sich. Am Nachmittag, als die Dreharbeiten, des wolkenlosen Himmels wegen, endgültig abgebrochen werden, kennt der Regisseur schon den Namen: Mario. In mehreren Kombiwagen fährt man zum Hotel zurück, in dem das Team untergebracht ist. Der Regisseur winkt Mario zu, zieht ihn auf den schmalen Platz neben sich. Es gibt erste Berührungen, die von Mario nicht verhindert werden. Er wird aufgefordert, mit ›auf einen Drink‹ in sein Appartement zu kommen. Als er einwendet, er wolle vorher noch duschen, lautet die Antwort wie erwartet: »Duschen können Sie bei mir angenehmer als in Ihrer Etagen-Dusche.«

Doch Mario hat sich einen Plan zurechtgelegt, wie er die Absichten des Regisseurs unterlaufen kann. Nachdem er geduscht hat, setzt er ihm auseinander, welche Vorzüge das Joggen bietet. Er zählt die Krankheiten auf, denen damit vorgebeugt werden kann – Bluthochdruck, Herzinfarkt, Verdauungsbeschwerden (über die gelegentlichen körperlichen Beschwerden des Regisseurs hatte er sich vermutlich informiert) –, und führt dann vor, wie man ebensogut im Zimmer, also auf der Stelle, laufen könne. Es gelingt ihm, den von den stundenlangen Dreharbeiten und den noch längeren Drehpausen ermüdeten Regisseur ebenfalls in Bewegung zu setzen und noch mehr zu ermüden. Durch Zeitungsartikel bereits über die Steigerung der Leistungsfähigkeit mittels Jogging informiert, hatte es nur noch des erotischen Anstoßes bedurft. Die beiden beginnen mit dem sogenannten Zwölf-Minuten-Programm. Mario öffnet die Tür zum Balkon, frische Luft dringt herein, der Blick geht aus dem achten Stockwerk über die Ostsee, die im Spätnachmittagslicht erglänzt. Sie laufen beide nebeneinander auf dem Spannteppich. Mario gibt leise Befehle (›Nacken strecken! Kinn senken! Knie höher! Federn!‹), erteilt aber auch zur Erfrischung Lob. Schon nach der Hälfte der Zeit erklärt er, daß es für heute genug sei. »Sie laufen unglaublich leicht! Ganz jung!« Aber der Regisseur keucht, die alternde Haut hat sich nicht mit einem dünnen, feuchten Film bedeckt, sondern mit Schweißperlen. Jetzt ist er es, der duschen muß. Mario lehnt währenddessen im vorteilhaften Gegenlicht am Balkongeländer. Die päderastischen Gelüste des Regisseurs haben sich verlaufen, der Rest ist mit dem kalten Wasser davongeflossen. B. wirft sich im Bademantel auf das Bett, gesteht, wohltuend entspannt zu sein, und fordert Mario auf, aus der Zimmerbar den Gin zu holen. Mario läßt (hörbar!) Eisstücke in die Gläser fallen, gießt Tonic-Water nach, angenehme Geräusche für den Regisseur, der mit geschlossenen Lidern auf dem breiten Bett liegt. Mario lagert sich ans Fußende, sagt: »Cheers!« Er übertreibt das Spiel, schätzt aber (aus Erfahrung) die Situation richtig ein. Nach wenigen Minuten fällt der Regisseur in tiefen Schlaf. Mario verläßt (›den Pullover lose um die Schultern gehängt‹) das Appartement, fährt mit dem Fahrstuhl ins Foyer, wo die anderen Epheben herumlungern. Er ruft ihnen zu: »Er schläft«, als käme er von einem schwierigen Patienten. Er hat frei; er geht zum Strand.

Duschen, Joggen, Duschen, Trinken, Plaudern, Schlafen – das wiederholt sich an mehreren Abenden im Hotelzimmer, bis Mario vorschlägt, im Freien zu laufen. »Sie können sich doch sehen lassen!« Dennoch meiden sie den belebten Teil des Strandes und fahren mit dem Wagen in eine weitgehend menschenleere Gegend. Dort laufen sie auf dem Sandstreifen, den das Meer hartgewalzt hat und wo der Boden fester ist als auf dem Hotelteppich. Wenn die Wellen sich mit der Brandung heranschieben, springen sie darüber hinweg. (Mario hat Turnschuhe besorgt und dem Regisseur eines der eigenen Polohemden geliehen.) Er dreht sich um, läuft rückwärts. Der Regisseur hat das junge lachende Gesicht vor sich. Er läuft der Jugend nach. Man könnte auch sagen: ›Er läuft um sein Leben.‹

Mario stoppt die Zeit. Für das drei Kilometer lange Strandstück benötigen sie noch immer 15 Minuten. Nur allmählich steigert Mario das Tempo, greift mehrmals nach B.s Handgelenk, tastet nach dem Puls, legt Zärtlichkeit in die Berührung, geht in diesen Wochen überhaupt zärtlich-fürsorglich mit seinem Gönner um und unterscheidet sich darin von den jüngeren, launenhaften Epheben, die Forderungen stellen. Aber auch er läßt sich beschenken: in seine Quarzuhr sind die Initialen des Regisseurs eingraviert. Mario wird ihm innerhalb weniger Tage unentbehrlich. Er steht ihm bei den Dreharbeiten zur Seite, übernimmt weitgehend die Aufgaben eines Regie-Assistenten. Wenn die beiden nach Beendigung der Dreharbeiten, zum Jogging gekleidet, in der Hotelhalle den Mitarbeitern begegnen, ruft der Regisseur ihnen zu: »Wir gehen laufen!« Er ist ein Freund solcher Wort-Spiele.

Auf die Frage, an Mario gerichtet, warum er das Polohemd beim Laufen nicht ablege, antwortet Mario mit: »Ich zeige mich nicht gern halbnackt.« Damit gibt der Regisseur sich zufrieden; sein Interesse richtet sich ohnehin vornehmlich auf die jungen Beine, die vor ihm herlaufen. Er hat Probeaufnahmen von Mario machen lassen, die gut gelingen und viel versprechen. Die kleine Filmszene, die gedreht wird, mißrät hingegen und erweist, daß Mario wenig schauspielerisches Talent besitzt.

Als sich B. eines Tages uninteressiert zeigt und sagt: »Lassen wir das heute mit dem Jogging?«, wird Mario streng: »Nicht nachlassen! Dieser tote Punkt kommt bei allen Joggern und muß überwunden werden!« Er macht auf die Erfolge aufmerksam: »Nur noch 13,5 Minuten für drei Kilometer! In wenigen Tagen werden wir bei zwölf Minuten angelangt sein und damit eine neue Einstufung auf der Leistungstabelle erreicht haben!«

Mit allerlei Tricks hat Mario Amend die Entdeckung seines wahren Geschlechts hinausschieben können. Der Augenblick ist dann aber doch gekommen. Jedoch: Kein Skandal! Nichts drang an die Öffentlichkeit. Mario gab den älteren Freund nicht der Lächerlichkeit preis. Was sich im einzelnen zugetragen hat, läßt sich nur ahnen.

Als Amend und P. im Park spazierengingen und mehrfach von Joggern überholt wurden, hatte P. sich spottend über sie geäußert. Daraufhin hatte Amend Jogging mit den Worten verteidigt: »Mir hat Jogging im vorigen Jahr gute Dienste geleistet. Und als auch Laufen nichts mehr nutzte, bin ich davongelaufen.«

»Was haben Sie beim Film gemacht?« hatte P. gefragt.

»Ich habe assistiert. Zunächst dem Beleuchter, dann dem Regisseur. Sie kennen ihn vermutlich?« Er nannte den Namen. »Fast hätte ich eine Karriere gemacht, aber es kam wieder etwas dazwischen.«

Immer wieder geriet P. an Menschen, die sich einer Gefahr durch Flucht entzogen. Psychologen deuteten Flucht anders als sie. Sie behaupteten, Weglaufen ende immer im Suizid und hieße nichts anderes als ›auf den Tod zulaufen‹. Eine Behauptung, die sich ihr bisher nicht bestätigt hatte.

12

»Stört es dich, wenn ich dir über die Schulter sehe?« fragte ihr Mann und las eine Seite ihres Manuskripts. »Woher weißt du das alles? Hat dein Zweiblütler dir das selbst erzählt?«

»Wirkt es unglaubwürdig? So stelle ich mir den Ablauf einer solchen Beziehung vor.«

»Das hast du sehr behutsam ausgedrückt: ›Der Ablauf einer solchen Beziehung.‹ Der Regisseur und seine Epheben! Du kannst überzeugt sein, daß es völlig anders verlaufen ist.«

»Wie denn?«

»Du solltest dich über Homosexualität unterrichten, vor allem über Päderastie!«

»Muß ich das wirklich? Früher hast du gesagt: Eine Frau muß nicht alles wissen! Außerdem kann es sich doch nicht um einen eindeutigen Fall von Homosexualität gehandelt haben! Daß Amend diesen Regisseur der Lächerlichkeit preisgegeben hat, kann ich mir einfach nicht vorstellen. Er wird sich allenfalls ein wenig lustig gemacht haben über ihn. Ein Jux. Laß die anderen doch zappeln mit ihrem ewigen Sex! So denke ich mir das. Ich kann und will mir keine abstoßenden Szenen vorstellen. Ich denke mir eine Beziehung zwischen Amend und einem älteren Mann bereichernd, für beide Teile: Der eine bringt seine Jugend ein, der andere seine Erfahrungen, das kann durchaus auch zärtlich sein.«

»Es handelt sich um deine Person. Sie wird tun und lassen müssen, was du willst.«

»Ich werde sie nicht vergewaltigen, da kannst du sicher sein!«

»Warum nicht? Die erste Vergewaltigung von seiten einer Frau.«

»Ich glaube nicht, daß Gewalt nötig wäre. Die Zuneigung ist durchaus beiderseitig.«

»Aber dein Zweiblütler läßt dich warten. Du wirkst unruhig.«

»Solltest du eifersüchtig sein?«

Er lachte und verließ ihr Zimmer.

»Kann man sich denn verlieben, wie man sich verlaufen kann?« fragte Amend und sah P. an, als ob sie das wissen müßte. Das ›Hallo‹ am Telefon hatte bewirkt, daß sie ihre Jacke genommen und ihrem Mann mitgeteilt hatte, sie sei in zwei Stunden zurück. Sie sagte »Ciao«, als sie sein Zimmer verließ, und er machte sie darauf aufmerksam, daß ›Ciao‹ jungen Leuten vorbehalten sei.

»Aber sie sagen ›Tschau‹, und ich sage ›Ciao‹!«

»Du wirkst sehr heiter.«

»Ich bin sehr heiter.«

Zehn Minuten später saß sie Amend im Café gegenüber. Er bestellte Kakao und ein Stück Apfeltorte mit Sahne und sie zwei Eier im Glas. Mehrere Wochen hatte er sie warten lassen, und jetzt sagte er über den Tisch hinweg: »Kann man sich denn verlieben, wie man sich verlaufen kann?«

Was erwartete er? Daß sie ihn bedauerte? Daß sie ihn beglückwünschte? Daß sie eifersüchtig war? Sie hätte es auf den ersten Blick sehen können. Verliebte waschen sich täglich die Haare; sie hatte das früher auch getan.

»Sie verlieben sich allem Anschein nach oft«, sagte P.

»Aber ich verlaufe mich doch nicht jedesmal! Sollte ich

statt dessen lieber ein Gedicht machen? So sehen Sie mich jetzt an.«

»Kein schlechtes!« warf P. ein.

»Ich frage Sie als Schriftstellerin: Waren Sie überhaupt schon einmal in eine lebende Person verliebt? Wie kommen Sie nur, beim Schreiben, mit drei Steigerungsformen aus? Schön – schöner – am schönsten – das genügt doch nicht. Wenn man verliebt ist, braucht man mindestens vierzehn Steigerungsformen!«

»Und welchen Steigerungsgrad haben Sie diesmal erreicht?«

»Elf.« Mario lehnte sich zurück, sah sie an, konzentrierte seinen Blick auf sie, was er nicht oft getan hatte, und wiederholte: »Elf, vorläufig elf, aber das kann sich noch ändern.«

Sie unterdrückte jede Frage. Er war ihr keine Rechenschaft schuldig; sie konnten nur miteinander umgehen, wenn sie die Regeln für ihr Spiel ›Stein oder Schere‹ einhielten. Wenn sie in den vergangenen Nächten wachgelegen hatte, hatte sie gehorcht, ob er am Haus vorbeiging. Sie hatte das Licht ein- und sofort wieder ausgeschaltet. Er sollte nicht annehmen, daß sie wachlag. Keine falschen Rückschlüsse!

Er trug einen langen seidigen Schal, den sie bisher nie an ihm gesehen hatte. Er mußte aus dem tibetanischen Hochland stammen, war aus dem kostbaren Fell der Lama-Ziegen gewebt; einer ihrer Freunde trug den gleichen, er hatte ihn von einer Asienreise mitgebracht.

Als Amend sah, daß ihr Blick auf dem Schal verweilte, reichte er ihn ihr über den Tisch.

»Ich habe es vor Jahren einmal mit dem Buddhismus versucht. Ich war ein Guru-Anhänger. Das ist übriggeblieben: ein Schal! Aber er tut mir gute Dienste.«

Auf ein Gespräch über den Buddhismus war sie nicht

vorbereitet; sie befühlte den Schal, bewunderte ihn und reichte ihn zurück.

»Man wollte mich mit Haut und Haaren vereinnahmen«, sagte er, es klang entrüstet.

P. kannte das nun schon: keine Verträge, keine Bindungen! Aber wo sollte das enden? Es würde nicht gut ausgehen. Wieder fühlte sie sich wie eine Kassandra. Aber Kassandra ist verstummt. Die Älteren warnen die Jüngeren nicht mehr. Auch sie unterdrückte alle Fragen, die sie ihm gerne gestellt hätte, und betrachtete ihn schweigend.

Wer nicht fragt, wird gefragt.

»Was halten Sie vom Paragraphen 218?« fragte Mario unvermutet.

Sie geriet in Zugzwang und antwortete abwehrend: »Er interessiert mich wenig.«

»Sie klammern das Thema Abtreibung aus?«

»Sollen die jungen Leute zusehen, wohin ihre Bedenkenlosigkeit sie bringt!«

Was schwang da an Vorbehalten durch ihre Stimme! Sie hörte es selbst und änderte den Ton. »Ich war immer und bin noch heute der Ansicht, daß eine Frau sich nur mit einem Mann einlassen sollte, von dem sie auch ein Kind zu empfangen, auszutragen und aufzuziehen bereit wäre.«

»Ist das Ihr Ernst?«

»So sollte es sein. So ist es nicht. Ich weiß.«

»Sie würden die Pille nicht nehmen?« fragte er und beobachtete sie aufmerksam.

»Vermutlich: nein. Die Frage hat sich mir nicht gestellt. Ich glaube an einen Schöpfungsplan, in den man nicht eingreifen sollte. Ich selbst würde nicht leben, hätte es schon damals die Anti-Baby-Pille gegeben.«

Im selben Augenblick sah sie ihre Mutter vor sich, die Pille schluckend, und korrigierte sich. »Meine Eltern hätten mich trotzdem nicht verhütet. Das ist unvorstellbar.«

»Sie wollen sich nur nicht vorstellen, daß die Welt ohne Sie hätte auskommen können.«

»Ich bin kein Zufall. Und Sie sind auch kein Zufall. Sie sind kein Malheur! Ihre Mutter hat zweimal das Wort ›bonheur‹ gebraucht, als sie von der Stunde Ihrer Empfängnis sprach. Die gute Stunde. Sie war nicht vernünftig, aber sie tat auch nichts Vorsätzliches. Liebe schließt Verhütung aus!«

Amend sah sie aufmerksam an. Sie schien zu erwarten, daß er sich über ihre überholten Vorstellungen lustig machte. Er tat es nicht, ließ aber auch diese Gelegenheit vorübergehen, ohne sie nach seiner Mutter zu fragen.

P. sah an ihm vorbei, blickte sich in dem Café um, es war gegen siebzehn Uhr, alle Tische waren besetzt.

»Ob die verhinderten Kinder nicht genauso gern leben möchten wie wir?« fragte sie.

Amend blickte sich ebenfalls in dem Café um. Sie hatten offensichtlich die gleiche Vision: Der Raum leerte sich, Phantome saßen an den Tischen. Er lachte als erster, dann lachte sie ebenfalls.

»Ich meine«, sagte er, »es sollte bei einer Zeugung, wenn es ernst wird, etwas Drittes hinzukommen, nicht nur Same und Ei.«

Sie legte ihren Eierlöffel, mit dem sie gerade die Eier zerkleinern wollte, beiseite und starrte Amend an. Das väterliche Erbe!

Sie unterbrach ihn.

»Platon! Das steht bereits bei Platon! Haben Sie inzwischen ›Das Gastmahl‹ gelesen?«

Amend schüttelte den Kopf. Das Haar fiel ihm dabei ins Gesicht. Er strich es mit der Hand zurück. Das hätte ihr auffallen müssen.

»Sie weichen aus«, sagte er.

»Gut, lassen wir Platon. Aber sein Weltbild interessiert

mich mehr als dieser Geschlechterkampf, der sich heute abspielt. Früher die Macht der Männer. Und jetzt: die Macht der Frauen, die den Zeugungstrieb des Mannes beherrschen und ihn zunichte machen können. Männer müssen das übelnehmen! Sie strafen die Frauen und machen sie zu Objekten ihrer Lust. Die Frau hat dem Mann die Verantwortung abgenommen und schluckt die Anti-Baby-Pille oder schluckt sie nicht. Und am Ende ist dann doch wieder alles wie früher: Die Frau wird schwanger und nicht der Mann. Frauen protestieren letzten Endes nicht gegen die Rolle, die der Mann ihnen aufgezwungen hat, sondern gegen die Rolle, die die Natur ihnen aufzwingt.«

Amend hatte aufmerksam zugehört. Als sie dann schwieg, sagte er: »Es gibt auch noch den Paragraphen 218, über den ich ja mit Ihnen reden wollte.«

»Darüber lasse ich nicht mit mir reden.«

»Aus religiösen Gründen?«

»Aus vielen Gründen.«

Sie blickte sich noch einmal in dem Café um und sagte abschließend: »Vermutlich säßen wir hier allein. Dieser Begriff ›Wunschkinder‹! Was soll das? Es könnte sich doch nur um ›Wunsch-Eltern‹ handeln, Kinder werden in keinem Fall gefragt, weder die verhüteten noch die abgetriebenen, noch die ausgetragenen.«

Sie unterbrach sich selber. »Hören Sie, ich möchte nicht länger über dieses Thema sprechen.«

Sie schwiegen beide, Amend beobachtete P. Sie rührte in den Eiern, über die sie zuviel Salz und zuviel Pfeffer gestreut hatte. Sie wechselte das Thema, und sie wechselte auch den Ton, als sie ihn davon unterrichtete, daß sie in der nächsten Zeit nur an den Wochenenden zu Hause sein würde.

»Im Herbst pflegen die Schriftsteller – mit den Zugvögeln – zu reisen. Demnächst werde ich wieder auf zugigen Bahnsteigen stehen, die Züge werden Verspätung haben, ich werde die Anschlüsse nicht erreichen, ich werde bangen, ob meine Leser mich überhaupt sehen wollen, ob die Buchhändler auf ihre Kosten kommen. Das Mikrophon wird nicht in Ordnung sein. Ich werde mich erkälten und bis Weihnachten husten. Ich werde schlaflos in schlechten Hotelbetten liegen –«

Warum erwähnte sie nicht, daß es immer auch Lichtblicke gab, gute Gespräche, Aufenthalte in Großstädten, die sie zu Museumsbesuchen nutzen konnte, Vormittage, an denen sie in Parks spazierenging? Warum dieser klagende Tonfall? Warum nicht wenigstens eine Spur Ironie? Erwartete sie untergründig, daß Mario sagen sollte, was er dann auch sagte:

»Soll ich Sie begleiten?«

Hatte sie ihn überhaupt richtig verstanden? Sie sah ihn fragend an, und er sagte zum zweitenmal und jetzt ganz deutlich: »Soll ich Sie begleiten? Ich könnte Ihnen viele Unannehmlichkeiten abnehmen. Sie händigen mir den Terminkalender aus, und ich kümmere mich um Zuganschlüsse und Hotelunterkünfte, um Mikrophone und Wassergläser, erkundige mich auch nach den Öffnungszeiten der Museen, frühstücke mit Ihnen, öffne Ihnen die Marmeladen- und Milchdöschen, hole Ihnen die Morgenzeitung.«

Er machte eine kurze Pause, um die Wirkung seiner Vorschläge abzuwarten.

»Außerdem hätten Sie Ihr Objekt ständig vor Augen. Die Unkosten könnten Sie von der Steuer absetzen, das Sammeln der Spesenquittungen würde ich ebenfalls übernehmen. Männliche Autoren lassen sich von ihren Ehefrauen begleiten.«

»Sind Sie überhaupt frei? Ich meine abkömmlich«, sagte P. »Ich denke, Sie sind verliebt!«

»Das ist ein zusätzlicher Grund.«

»Wollen Sie wieder weglaufen?«

»Soll ich nicht?«

»Damit habe ich nichts zu tun. Das ist Ihre Sache.«

»Ich würde gerne mitkommen.«

»Ich werde es mir überlegen. Rufen Sie mich an!«

»Müssen Sie erst Ihren Eigentümer fragen?«

»Nicht: müssen. Ich will ihn fragen.« P. verbesserte ihn unwillig und setzte hinzu: »Sie sollten den richtigen Gebrauch der Hilfszeitwörter üben!«

»Sie sind sehr korrekt. Wenn Sie schreiben und wenn Sie leben. Sie mögen Hilfsverben nicht? ›Das Hilfsverb in der modernen Literatur‹, wäre das ein Thema?«

P. lachte, rasch versöhnt, und verabschiedete sich, sagte, die Worte ihres Mannes im Ohr, nicht ›Ciao‹, sondern etwas, das wie ›Namend‹ klang.

Sie hätte ihren Mann gleich von dem Plan unterrichten sollen. Statt dessen überlegte sie lange und verlor dabei ihre Unbefangenheit. Sie fragte ihn dann auch sehr ungeschickt, ob er Lust habe, sie auf den Lese-Reisen zu begleiten?

»Warum denn das?« fragte er überrascht. »Das haben wir doch noch nie gemacht.«

»Andere Autoren lassen sich von ihren Frauen begleiten.«

»Ich bin keine Autorengattin!«

»Es wäre eine Erleichterung, wenn mir jemand alle diese Schwierigkeiten abnehmen könnte.« Sie zählte die Schwierigkeiten im gleichen klagenden Tonfall wie Amend gegenüber auf, merkte jetzt erst, wie viele es gab, erwähnte aber nicht, welcher Plan bereits bestand, sondern tat, als ob der Gedanke ihr erst im Augenblick käme.

»Was meinst du, ob ich Amend frage? Sie hat Erfahrungen als Reisebegleiterin, außerdem verlöre ich mein Objekt nicht für lange Wochen völlig aus den Augen. Ich kann sie beobachten, sie wird mir auf die Dauer nicht ausweichen können. Ich möchte die Sache gern zum Abschluß bringen.«

Ihr Mann sah sie prüfend an. »Du hast diesmal ›sie‹ gesagt! Hat sich das ›wahre‹ Geschlecht dieser Person inzwischen herausgestellt?«

»Zur Zeit gefällt es ihr, als Mann herumzulaufen.«

Sie errötete unter dem belustigten Blick ihres Mannes.

»Marschallin!« sagte er warnend.

»Außerdem ist Amend ohne Einkünfte.«

»Du kannst ihn dir leisten. Falls du eine soziale Tat vorhaben solltest!«

13

Wie hätte sie Amend vorstellen sollen? ›Mein Sekretär‹? ›Mein Manager‹? ›Mein Reisebegleiter‹? Sie überließ es ihm, seinen Namen selber zu nennen. Er hielt sich meist im Hintergrund, prüfte aber zu Beginn der Veranstaltung das Mikrophon, sorgte für das Glas Wasser, rückte die Lampe zurecht, stellte die Blumen so hin, daß sie keinem Zuhörer die Sicht versperrten, sprach ein paar Worte mit dem Veranstalter. Ob er, während sie las, immer anwesend war oder ob er zwischendurch seine eigenen Wege ging, wußte sie nicht. Durch die Lesebrille erkannte sie allenfalls die Gesichter in der ersten Reihe. Daran, daß er gelegentlich Kritik an einer Lesung übte (für die sie ihm übrigens dankbar war), merkte sie, daß er zugegen gewesen sein mußte.

»Man hat mich gefragt, ob ich mit Ihnen verwandt sei!« sagte er.

»Was haben Sie geantwortet?«

»›Nicht eigentlich.‹«

»Hat man sich damit zufriedengegeben?«

»Nein. Ich habe dann erklärt, daß ich so etwas wie Ihr Chauffeur sei.«

»Hören Sie! Man weiß, daß ich mit der Bahn reise.«

»Deshalb habe ich ja auch ›so etwas Ähnliches wie‹ hinzugefügt.«

Er übte an ihrer Aussprache Kritik, aber auch an ihrem Auftreten, an ihrem Äußeren.

»Sie halten die Füße nicht still. Dagegen: in Ihrem Gesicht keine Regung. Nicht das kleinste Lächeln. Manchmal unterstreicht Ihre Hand eine Bemerkung, das ist gut. Aber die Knie! Sie sollten einen längeren Rock tragen!«

P. ließ sich ihre Verärgerung nicht anmerken und ging auf den Vorschlag ein. Sie fanden in einem Modegeschäft einen Rock, der Mario und ihr gefiel. Er bewies sicheren Geschmack. (›Ich habe mich kurze Zeit in der Modebranche umgetan.‹)

P. bestand darauf, daß sie für ihn ebenfalls etwas kauften; ihrer Ansicht nach hätte ihm ein Blazer gut stehen können. Mario war einverstanden, zog in der Herrenabteilung blaue und graue links-rechts geknöpfte Blazer über. P. sah es dann selbst: Seine Figur eignete sich nicht für Blazer. Sie erwarben statt dessen einen kostspieligen Blouson aus weichem braunen Wildleder. Also wieder der Reißverschluß!

»Zahlen Sie getrennt?« fragte die Verkäuferin.

»Schreiben Sie die Beträge bitte zusammen«, sagte P.

Der Blick der Verkäuferin ging zwischen Mario und P. hin und her: Man sah, welche Überlegungen sie anstellte; die beiden lächelten einander zu.

Sie dachte bereits in Ausdrücken wie ›wir beide‹. Als man ihnen in einem Stuttgarter Hotel ein Doppelzimmer reserviert hatte, war sie dann aber unwillig.

»Sorgen Sie dafür, daß das in Ordnung kommt!« sagte sie zu Mario und wartete derweil im Foyer. Als er mit zwei Zimmerschlüsseln zurückkam und nach ihrer Reisetasche griff, sagte sie, immer noch gereizt: »Was denken sich diese Leute eigentlich?«

»Vermutlich etwas Hübsches.«

Sie fuhren mit dem Fahrstuhl in eine der oberen Etagen. Mario brachte die Tasche in ihr Zimmer, stellte sie ab, zog die Vorhänge auf und erklärte: »Fenster sind dazu da, daß man hinausschauen kann.«

»Und Vorhänge, daß man nicht hereinschauen kann.«

»Lassen Sie sie doch hereinschauen! Oder machen Sie das Licht aus!«

»Aber ich will lesen.«

»Dabei darf man Ihnen doch zusehen. Das wirkt sehr überzeugend: eine Schriftstellerin, die bis tief in die Nacht hinein liest.«

P. verlor ihre Absicht, Amends Wirkung auf andere zu beobachten, keineswegs aus den Augen. Wenn er leichtfüßig die Treppe zum Foyer herunterkam, drehten sich ihm die Köpfe zu, männliche und weibliche. Auf Gleichaltrige oder Jüngere übte er nicht die gleiche Wirkung aus; sie schienen unempfindlich für seinen zwitterhaften Reiz.

In Traben-Trarbach (oder war es in Bernkastel?) stand im Restaurant des Hotels ein Klavier. Amend klappte den Deckel hoch und spielte im Stehen den Anfang einer Mozart-Sonate.

»Wo um alles in der Welt haben Sie denn Klavierspielen gelernt?« fragte P.

»Beim Herrn Kaplan!«

(Das wurde dann zum Stichwort, das sie immer gebrauchte, wenn sie etwas völlig Unerwartetes an Mario feststellte; sie sagten dann beide gleichzeitig: ›Beim Herrn Kaplan.‹)

»Er hätte Ihnen das Flötenspielen beibringen sollen!« sagte P. »Bei Ihrer Lebensweise könnten Sie das Instrument in die Jackentasche stecken und bei Bedarf hervorholen.«

»Wenn ich ein Klavier besäße, würde ich zu Hause bleiben.«

»Ist das Ihr Ernst?«

Er ging auf ihre Frage nicht ein, sondern sagte: »Es stehen ausreichend ungenutzte Klaviere herum. Schade, daß es die Musik-Cafés nicht mehr gibt. Alleinunterhalter am Klavier, ich würde das sehr hübsch machen, meinen Sie nicht? Ein wenig Mozart, aber nicht zuviel. Ein Schubert-Lied, dann etwas Peter Kreuder, für die Torte essenden Damen, Evergreens, alles ein wenig verjazzt, gerade noch zum Wiedererkennen.«

»Sie haben so viele hübsche kleine Talente. Ein einziges großes wäre nützlicher.«

»Meinen Sie das wirklich? Eine richtige Karriere, würden Sie mir das zumuten? Sollte ich etwa leben wie Sie?«

Er strich leicht über die Tasten, schloß behutsam das Klavier.

»Sie sind beide ein wenig verstimmt. Klappe zu. Aus.«

Zum Wochenende fuhr P. nach Hause. Wohin Amend fuhr, wußte sie nicht; er trug ihr Grüße an ihren ›Eigentümer‹ auf, sie sagte: »Gleichfalls!« und entlockte ihm damit die Äußerung: »Noch gehöre ich niemandem!«

P.s Mann fand, daß sie sich erholt habe, daß sie weniger abgespannt aussähe als sonst.

»Deine monokline Person scheint dir gutzutun.«

Bei der Vorstellung, daß er eifersüchtig sein könnte, mußte sie lachen, lachte mit weit geöffnetem Mund. Er betrachtete sie verwundert, auch mißtrauisch.

»Du wirkst verändert.«

In Tübingen traf sie am Montag nachmittag Mario wieder. Er schlug vor, daß sie für die Weiterfahrt ein Auto mieteten; er besitze einen Führerschein. Die Eisenbahnverbindungen über die Schwäbische Alb zum Bodensee seien ungünstig. Es wäre schade, wenn sie so viele Stunden in der Bahn, auf Bahnsteigen und in Wartesälen zubringen müßten, jetzt, wo das Wetter schön und beständig sei.

P. setzte unwillig zu einer umständlichen Gegenerklärung an. »Ich würde trotzdem der Bahn den Vorzug geben. Ich fahre nicht gern mit dem Auto. Ich habe ...«

Er unterbrach sie.

»Das weiß ich alles. Ich habe mich längst über Ihre Eigenheiten orientiert. Sie machen es mir leicht.«

»Sie nicht!«

»Würden Sie sich sonst für mich interessieren?«

Sie willigte ein. Mario mietete einen Wagen. Seine Fahrweise erinnerte sie an die Art, wie er Klavier spielte. Er benutzte das Gaspedal wie das Pedal des Klaviers, fuhr allegro, presto, andante. Sobald sie nach dem Haltegriff faßte, mäßigte er das Tempo, überholte nur selten. Als sie längere Zeit hinter einem Omnibus herfuhren und selbst P. dafür war, ihn zu überholen, lehnte er sich im Sitz zurück und sagte in verballhorntem Lateinisch: »Omnibus reget me.« Dann saßen sie wieder schweigend in schönem Einvernehmen nebeneinander.

In einer kleinen Ortschaft lag der Friedhof dicht an der Fahrstraße; die Friedhofsmauer war ungewöhnlich hoch.

»Die Mauern hindern die Lebenden daran, über die Toten hinwegzugehen, was sie unweigerlich tun würden«, sagte Mario.

»Darf ich mir den Satz notieren?«

»Wieviel bekomme ich dafür?«

Der heitere Dialog ging unversehens in ein Spiel über, das sie, jeder in geheimer Absicht, betrieben.

»Was ist schön?«

»Was ist schlimm?«

»Was ist traurig?«

Rasche Fragen. Rasche Antworten, über die sie oft lachten.

»Welche Farbe?« fragte sie.

»Rot. Natürlich Rot«, antwortete Mario.

Sie war überrascht. Noch nie hatte sie ein rotes Kleidungsstück an ihm gesehen, und nun plötzlich, ohne zu zögern, sagte er: »Rot.« Sie sah das Horoskop vor sich – Inklinationsfarbe: Rot.

Sie fragte sofort weiter: »Wohin möchten Sie jetzt reisen?«

»In die Wüste! Syrien. Marokko, oder besser noch: Tunis.«

Die Übereinstimmung mit seinem Horoskop wurde ihr unheimlich.

Sie hatten inzwischen die Hochebene der Alb erreicht. Eine Schafherde graste, von einem Wolfshund immer wieder zusammengetrieben, zwischen dem Wacholder.

»Wolf oder Schaf?« fragte P.

Natürlich war Mario kein Wolf, aber auch kein Schaf. Sie war gespannt, was er antworten würde, und blickte ihn von der Seite an. Er spürte ihren Blick.

»Was halten Sie von einem alleinstehenden Schaf?« fragte er. »In einer Herde könnte ich nicht leben. Und ein streunender Wolf? Habe ich etwas von einem Steppenwolf?«

Er blickte sie fragend an, beachtete den Verlauf der Fahrbahn, die eine Biegung machte, nicht: Der Wagen fuhr auf einen Steilhang zu. P. saß wie gelähmt.

»Oh, ich muß einlenken«, sagte Mario ruhig.

Bei jedem anderen Fahrer wäre sie sofort ausgestiegen und hätte sich geweigert, auch nur einen einzigen Kilometer mit ihm weiterzufahren. Mario bog von sich aus in den nächsten Feldweg ein. »Wir machen eine Pause.«

Nicht er war es, der sich entschuldigte, sondern sie.

»Ich hatte Sie gewarnt. Ich bin ein schlechter Beifahrer.«

Sie gingen ein Stück zu Fuß.

Die Wintersaat kam bereits dünn und spärlich aus dem steinigen Boden. Die Kette der Alpen war in ihrer ganzen Länge sichtbar, die verschneiten Gipfel standen weiß vor dem tiefblauen Himmel. Ausblicke, die sie nicht froh machten, Vorzeichen des Winters. Mario versuchte, ihre Stimmung zu heben, erzählte, unaufgefordert, von der Zeit, die er ›im Schatten der Gedächtniskirche‹ zugebracht hatte. »Nicht im Schatten – an der Südseite!« verbesserte er sich.

»Haben Sie Silberschmuck verkauft?« Sie erinnerte sich an die jungen Leute, die dort ihre Erzeugnisse anboten.

»Sehe ich aus wie ein Händler? Ich verkaufe doch nichts!«

Mit solchen Sätzen setzte er alle ins Unrecht, die vom Handel lebten. Die Äußerung mißfiel ihr, obwohl Mario solche Ansichten nicht grundsätzlich, sondern immer nur für seine Person von sich gab.

Er bückte sich und betrachtete eine Silberdistel.

»Ist sie nicht schön?«

Die Silberdistel aus dem Sommer, der vergangen war. P. blickte sich um, sah das rote Herbstlaub des Ahorns, den Schnee des Winters auf den Bergen, die Saat für den Frühling, alles gleichzeitig. Abneigung gegen das zeitliche Nebeneinander der Jahreszeiten stieg in ihr auf. Aber es schien ihr unmöglich, ihre Empfindungen dem jungen Menschen neben ihr klarzumachen. Niemandem konnte sie das klarmachen; alle anderen sahen Knospen als ›Boten des Frühlings‹ an. Sie nicht. Jetzt war Oktober, noch hatte der Ahornbaum recht.

»Fahren wir weiter!« sagte sie. »Es wird spät, ich würde mich gern noch ausruhen.«

Sie fuhren weiter. Statt zu schweigen, wie es ihrem Bedürfnis entsprochen hätte, wollte Mario plötzlich über ›Ihre zwölf Jahre‹ reden, ein Ausdruck, den er schon mehrfach benutzt hatte.

»Kommen wir doch noch einmal auf Ihre zwölf Jahre zurück.«

Er benutzte sie als Auskunftsperson, als Augenzeugen, zitierte: »›Haben Sie Hitler gesehen?‹«

Sie wehrte sich gegen seine Art zu fragen.

»Ich war zwölf Jahre alt, als Hitler über uns kam!« sagte sie.

»Er war kein Gewitter!«

»Mir erschien es so. Ein verheerendes Gewitter, unter dem man sich, so gut es ging, duckte. Und als es vorüber war, richtete man sich wieder auf. Die einen haben damals geschrien, die anderen geflüstert. Beides war falsch, das weiß ich.«

»Zu welchen haben Sie gehört?«

»Nicht zu denen, die schrien.«

»Also haben Sie geflüstert. Sie sprechen noch immer leise.«

»Spätschäden.«

Sie fuhren auf einer Umgehungsstraße an einer kleinen Ortschaft vorbei. In einem steinernen Gartentor stand ein Wolfshund und versperrte den Zutritt zu dem Grundstück.

»Keiner wird es wagen, dieses Haus zu betreten«, sagte sie.

»Vielleicht versperrt er aber auch denen, die gehen wollen, den Ausgang«, hielt Amend ihr entgegen.

Er hatte eine völlig andere Art, die Welt zu sehen. Das überraschte P., interessierte sie, gefiel ihr. Ein anderes Wesen, ein völlig anderes Geschlecht! Er war mit schönen Träumen begabt (P. dachte: begnadet), die er ihr beim Frühstück erzählte.

»Ich betrat einen großen und hellen Raum, in dem auf Tischen und Kommoden schöne Vögel saßen, alle aus Glas, einige hellblau, die Flügel bereits hochgestellt, aber noch erstarrt. Ich brauchte nur zum Fenster zu gehen und es weit zu öffnen, und schon flogen sie auf und davon.«

(Dagegen P. mit ihren Versager-Träumen, die sie nicht einmal ihrem Mann erzählen würde, in denen niemand sie beachtete; die Freunde sie nicht wiedererkannten; der Saal, in dem sie auftreten sollte, sich leerte, bevor sie ihre Bücher aufgeschlagen hatte; die Buchseiten sich vom Buchrücken lösten, zu Boden fielen wie Blätter und ihr niemand dabei half, sie aufzufangen und zu ordnen, während auch die letzten Zuhörer den Saal verließen...)

»Ich hatte das Nachsehen«, sagte Mario. »Das ist ein schönes Wort! Das Nach-sehen. Ich habe gern, wenn etwas sich entfernt. Ein Zug. Eine Wolke. Ein Mensch.«

(P. sah die junge Zilla Amend mit ihrem Kind vor sich, am Donauufer, sah das Kerzenlicht auf einer Eisscholle vorübertreiben und sich mit dem dunklen Strom entfernen...)

»In der Eisenbahn fahre ich am liebsten mit dem Rücken zur Fahrtrichtung. Ist Ihnen das schon aufgefallen?«

»Warum sitzen wir dann im Auto?« fragte P.

»Ich blicke ständig in den Rückspiegel, auf dem alles verschwindet.« Mario hielt ihr die offene Hand hin. »Was kriege ich dafür?«

»Nichts. Unbrauchbar. Paßt mir nicht«, sagte P., wieder versöhnt, wieder lachend. (Sie hatten es sich zur Regel gemacht, daß sie Mario für Angaben, die er selber freiwillig zu seiner Person machte, fünf Mark zahlte.)

Die Veranstaltung am Abend hatte sich länger als üblich hingezogen. Man hatte P. und Amend aufgefordert, anschließend in eine Weinstube mitzukommen, wo man bis Mitternacht in angeregtem Gespräch zusammensaß. Als sie zu ihrem Hotel zurückkehrten, war die Haustür bereits verschlossen, sie mußten klingeln. P. fröstelte, war müde, aber nicht schläfrig, abgespannt und angeregt zugleich, sah also wieder eine quälende schlaflose Nacht vor sich. Mario erreichte, daß in der Küche für sie Milch heiß gemacht wurde. Der steigenden Ölpreise wegen waren die Hotels nur mäßig geheizt. Die wärmende Milch tat P. wohl. Aus einem Gefühl unerwarteten Wohlbehagens und der Dankbarkeit sagte sie zu Mario: »Ich danke dir.«

Er fragte sofort zurück: »Gilt das? In aeternum? Ein ›Du‹ kann man nicht zurücknehmen!«

»Es gilt.«

Ohne es verabredet zu haben, sagten sie trotzdem nur dann ›du‹ zueinander, wenn sie allein waren. Offiziell blieb es beim ›Sie‹. Dieser Wechsel zwischen ›du‹ und ›Sie‹ gab ihrem Verhältnis etwas Heimliches, Vertrauliches, das es nicht hätte haben sollen. Manchmal belustigte es P., oft verwirrte es sie auch.

Eines Morgens, als sie gemeinsam frühstückten (das taten sie nicht immer; sie legten abends lediglich den Zeitpunkt der Weiterreise fest), blickte P. gedankenlos hinter einem Herrn her, der den Frühstücksraum durchquerte, sich suchend umblickte, von der Bedienung einen Hinweis erhielt und dann zielstrebig auf eine Tür zuging. Mario beobachtete P., wie sie den Herrn beobachtete. Dann sahen beide, wie die Tür sich öffnete, bevor der Herr sie erreicht hatte, und wie ein anderer Herr raschen Schrittes herauskam und auf seinen Tisch zuschritt.

»Darüber würdest du nie schreiben«, bemerkte Mario. »Dabei ist es so aufschlußreich. Die Herren erheben sich vom Frühstückstisch, drücken die Zigarette aus, knäulen die Serviette zusammen, steuern die Tür zu den Toiletten an und kehren nach geraumer Zeit erleichtert und mit befriedigtem Gesicht zurück. Je älter die Leute sind, desto tiefer befriedigt sie ihre geregelte Verdauung.«

»Könnten wir frühstücken, bevor wir verdauen?«

»Du tust das natürlich nie! Du sagst: ›Ich muß noch packen‹ oder: ›Ich rufe meinen Mann an‹ und gehst zum Fahrstuhl.«

»Ist das so wichtig?«

»Ja! So befriedigt und erleichtert werden die Herren den ganzen Tag über nicht mehr sein. Ihr bestes Geschäft!«

»Ich bin in der glücklichen Lage, mir aussuchen zu können, worüber ich schreiben will«, sagte P., erzählte aber dann, wie sie einmal in Athen vor den zwei Toilettentüren stand und, des Griechischen unkundig, nicht wußte, welche der beiden für Damen bestimmt war, bis ein Herr aus einer der Türen herauskam. Doch als sie nun, überlegt und folgerichtig, durch die andere Tür eintreten wollte, sah sie sich in der Toilette für Männer. Der Herr – ein Engländer, wie sich hinterher herausstellte – war des Griechischen ebenfalls nicht kundig gewesen.

(P. hatte nie gesehen, durch welche Tür Mario kam, hatte ihn überhaupt nie zu einer Toilettentür gehen sehen; er vermied es offensichtlich, wenn sie in der Nähe war.)

Sie griff nach der Morgenzeitung, die Mario ihr hingelegt hatte, und beendete damit das ihr lästige Gespräch.

Auf der ersten Seite stand, daß ein namhafter Schauspieler, den sie persönlich kannte und den sie sehr schätzte, Selbstmord begangen hatte. P. war bestürzt.

»Es ist schrecklich«, sagte sie. »So begabt! So erfolgreich! Wie verzweifelt muß er gewesen sein!«

»Du irrst dich«, hielt Mario ihr entgegen. »Er wollte doch sterben. Andere müssen sterben und wollen nicht.«

Er vereinfachte alles. Sie selbst komplizierte alles, so schien es ihr.

Wenn sie den Frühstücksraum betrat, war Mario meist schon anwesend und hatte einen geeigneten Tisch ausgewählt. Er erhob sich von seinem Platz, kam ihr entgegen und sah mit einem Blick, ob sie gut oder schlecht geschlafen hatte. Ihr Wohlbefinden schien ihm am Herzen zu liegen.

Wenn sie eine belebte Straße überquerten, faßte er sie vorsorglich beim Arm; standen sie in einem Museum vor einem Bild, das ihnen beiden gefiel, legte er flüchtig den Arm um ihre Schultern, ebenso leicht und flüchtig küßte er sie auf die Wange, wenn sie sich längere Zeit nicht gesehen hatten. Sie erwiderte diese flüchtigen Zärtlichkeiten nicht.

Die Reaktion der Veranstalter und des Publikums auf ihn und ihr Verhalten ihm gegenüber machte Mario Vergnügen.

›Man hält dich für eine Feministin!‹ behauptete er und lachte sein Mädchenlachen.

Im Anschluß an die Veranstaltungen schlenderten sie manchmal noch eine Weile durch die Straßen, gingen in Lokale, die P. allein nicht hätte besuchen mögen. In Köln sahen sie in einer Seitenstraße, spät in der Nacht, wie sich vor einer Toreinfahrt Menschen drängten; es sah nach einem Unfall aus. Doch es stellte sich heraus, daß die Leute auf die Wochenendausgabe der Tageszeitung warteten; die einen wegen des Stellenmarktes, die anderen wegen des Wohnungsmarktes. Ein Vorgang, der ihr neu und unbekannt war.

»Jetzt kommst du dir weltfremd vor?« fragte Amend.

»In der Tat«, antwortete sie.

»Bleib du nur in deinem Elfenbeinturm! Sonst verwaisen die Elfenbeintürme. Es muß ja nicht Elfenbein als Baumaterial sein, das wirst du nicht mögen, ein verlassener Vogelturm täte es auch. Du solltest in einem runden, nicht zu hohen Haus wohnen, eine Wendeltreppe führt auf einen Dachgarten –«

Er entwarf ein Haus, das ihren Wünschen tatsächlich entsprach, ein Haus, das sie nie bekommen würde.

Amend lernte P. auf dieser Reise kennen. Lernte sie ihn ebenfalls kennen, fragte sie sich. Versuchte sie nicht ständig, ihn ihren ursprünglichen Vorstellungen von Mario-Marion anzupassen?

Sie schlenderten durch die Säle der Museen oder durch die Fußgängerzonen der Städte, betrachteten Bilder und die Auslagen der Schaufenster. Einmal sahen sie sich Brautkleider an. Statt Kranz und Schleier trugen die Schaufensterpuppen Brauthüte. P. erwähnte, daß sie selbst noch in Kranz und Schleier getraut worden sei.

»Das paßt zu dir, Dorfkirche und ›Jesu geh voran‹«, sagte Mario. »Aber die Hüte sind auch schön. Ganz ohne Gewicht. Als wolle man die Frauen behüten, was doch keiner mehr will! Meinst du, daß mir ein solcher Hut stehen würde?«

Als sie eine junge Frau sahen, die ihr Kleinkind in einer Bandage vor dem Bauch trug, nannte P. es ›eine sichtbar gemachte Schwangerschaft‹. Mario fand diese Beförderungsart für den Übergang – ›für die erste Zeit nach der Trennung‹ – sehr geeignet.

Gespräche, denen P. keine Bedeutung beimaß.

Am späten Nachmittag pflegte P. sich bald nach der Ankunft in ihrem Hotelzimmer für eine Stunde aufs Bett zu legen, während Mario derweil seine eigenen Wege ging. Ein einziges Mal äußerte er den Wunsch, während dieser Stunde bei ihr im Sessel sitzen zu dürfen. P. lag auf dem Bett. Draußen dämmerte es. Sie hatte im Radiogerät leise Musik eingestellt. Mario saß wie beim autogenen Training (er kannte die Methode nicht, sondern wandte sie instinktiv an) im ›Kutschersitz‹ da und ließ, völlig entspannt, die Arme zwischen den gespreizten Knien herunterhängen. Bald darauf hörte sie an seinen regelmäßigen Atemzügen, daß er eingeschlafen war. Sie konnte ihn ungestört beobachten. Sein Kopf hing nicht nach vorn herab, sondern lag im Nacken, die Kehle war entblößt, das Haar fiel nach hinten.

Im Schlaf war sichtbar geworden, was sie bisher an ihm vermißt hatte, eine weitere Dimension: die der Tragik.

Seine ruhigen Atemzüge ließen auch sie in Schlaf versinken. Als sie erwachte, war der Sessel leer. Damit niemand sie ungebeten störte, hatte er das Schild ›Bitte nicht stören!‹ von außen an ihre Zimmertür gehängt.

P. hatte den Termin der nächsten Werbe-Sendung, in der Zilla Blum auftreten sollte, in Erfahrung gebracht. Sie ließ an dem betreffenden Tag ein tragbares Fernsehgerät in ihrem Hotelzimmer aufstellen und richtete es so ein, daß Mario kurz vor Beginn der Sendung in ihr Zimmer kam.

Als die Sendung begann, gleich darauf auch Zilla Blum auftrat, gab sie Mario einen Wink, sich ruhig zu verhalten und sich die Szene anzusehen. Sie lenkte seine Aufmerksamkeit auf jene Schauspielerin, die ein Putzmittel auf die verschmierten Kacheln einer Badezimmerwand sprühte.

»Willst du dir ein neues Badezimmer einrichten?« fragte er verwundert.

P. legte den Finger auf seinen Mund, was er falsch auffaßte; er gab einen leichten Kuß darauf. Sie zog die Hand zurück und betrachtete weiter die erfahrene Hausfrau auf dem Bildschirm, die einer törichten jungen Frau zeigte, was zu tun sei, damit man sich in Badezimmerkacheln spiegeln könne. Zwischendurch beobachtete sie die Wirkung auf Mario.

»Die beiden machen sich doch lustig über uns!« sagte er.

»Darum geht es mir nicht.«

Was hatte sie eigentlich erwartet? Wenn es wirklich so etwas wie eine Stimme des Blutes gab, war wohl der Bildschirm zur Übermittlung nicht geeignet.

Die kleine Szene war beendet, P. schaltete das Gerät ab und fragte: »Wie gefiel sie dir?«

»Welche? Die Alte oder die Junge?«

»Sagen wir mal die Ältere.«

»Entschuldige! Kennst du sie?«

»Ja.«

»Sie kann nicht spielen.«

»Ja. Ein kleines Talent. Aber ich bin sicher, daß auch diese Schauspielerin einmal das Gretchen hat spielen wollen. Sie muß einmal eine kleine Schönheit gewesen sein.«

(P. merkte, daß sie die Ausdrücke des alten Schauspielers Schaaf benutzte, was sie unsicher machte.)

»Das liegt doch wohl schon eine Weile zurück.«

Sie gab es auf. Ein ungeeigneter Versuch. Wie sollte er seine Mutter erkennen? Er hatte ja nicht einmal das Bedürfnis, etwas über sie zu erfahren. Vor wenigen Tagen hatte er ihr das Buch ›Die Eisheiligen‹ zurückgegeben, zusammen mit einer kurzen Besprechung, um die sie ihn gebeten hatte. Sein Urteil wich oft von dem ihren ab, war ihr aus diesem Grund sehr aufschlußreich.

»Erst der Ärger mit den Vätern, jetzt der Ärger mit den Müttern! Ich bin gut dran«, hatte er geäußert.

P. sprach selten über ihre schriftstellerischen Pläne, erwähnte aber bei dieser Gelegenheit, daß sie vorhabe, über ›Das wenige, was ich über meine Mutter weiß‹ zu schreiben.

»Solange du im zweiten Teil nicht bringst, was deine Mutter über dich zu sagen gehabt hätte, wahrheitsgemäß«, sagte Mario, »nutzen solche Abrechnungen nichts. Die Mütter unter Anklage! Und zum Schweigen verdammt, weil sie schuld sind. Die ewige Schuld des Empfangens und Gebärens.«

Es wurde ein ausgedehntes Gespräch, bei dem sie sich immer wieder fragte, woher Marios Abneigung rührte, eine Frau zu sein. Ging diese Abneigung so weit, daß er nichts über seine dunkle Herkunft wissen, den ›Mutterschoß‹ nicht kennen wollte?

Sie gingen in Mannheim in ein Restaurant, um zu Mittag zu essen. Mario litt schon seit Tagen unter einer Magenverstimmung, was P. nicht wunderte, worüber sie sich aber ärgerte. Er aß unregelmäßig und schlug alle ihre Vorschläge für eine gesündere Ernährungsweise in den Wind. Auch jetzt bestellte er sich statt Schonkost eine gegrillte Schweinshaxe. Allein der Geruch und der Anblick des deftigen Stücks Fleisch, aus dem ein dicker Knochen herausragte, genügten, in P. Widerwillen hervorzurufen. Zunächst sagte Mario: »Lockt dich das nicht?« Aber im nächsten Augenblick legte er das Besteck, das er gerade erst zur Hand genommen hatte, hin, sagte: »Pardon!«, stand auf und verließ rasch den Raum. P. forderte den Kellner auf, das Essen abzuservieren.

»Du hast eine Gastritis«, sagte sie, als Mario, etwas blaß, zurückkehrte. »Es hilft dir nichts, du wirst eine Zeitlang Diät essen müssen. Ich habe Erfahrung damit.«

»Mit allem hast du Erfahrungen!«

»Trink Kamillentee, leg dich hin! Im Hotel gibt es sicher eine Wärmflasche. Geduld, Wärme und Ruhe! Wir haben ja ausgemacht, daß du mir nicht ›rund um die Uhr‹ zur Verfügung stehen mußt.«

Der Veranstalter holte P. zur rechten Zeit im Hotel ab. Die Lesung verlief zufriedenstellend. Ein kleiner Kreis interessierter Leser saß bis gegen Mitternacht mit ihr in einem griechischen Lokal. (P. aß eine Portion Bauernsalat und trank Retsina, berichtete anekdotisch von ihren Aufenthalten auf griechischen Inseln.) Mit einem Taxi ließ sie sich ins Hotel zurückbringen. Die ganze Zeit hatte sie Mario vermißt. Als sie sich an der Rezeption den Zimmerschlüssel geben ließ, stellte sie fest, daß sein Schlüssel noch am Haken hing, war also nicht überrascht, als sie einen Zettel fand, den er unter ihrer Tür durchgeschoben hatte.

»Ich streune noch ein wenig. Zum Frühstück bin ich zurück. Keine Sorge!« Darunter hatte er in Großbuchstaben gesetzt: »IN AETERNUM«, was er oft als Gruß benutzte, in bewußtem Gegensatz zu ihrem einschränkenden Gruß ›Bis nachher!‹ oder ›Bis morgen früh!‹.

Natürlich machte sie sich Sorgen. Immer machte sie sich Sorgen, wenn jemand mit dem Auto unterwegs war. Sie holte sich einen Gin-Tonic aus der Zimmerbar, setzte sich in einen Sessel und zog die Vorhänge zurück. Die Nacht war klar. Auch diesmal war das Hotelzimmer unzureichend geheizt; sie wickelte sich in ihre Bettdecke.

(Sie hatten zu Beginn der Reise ausgemacht, daß sie sich

nicht mit Fragen behelligen wollten. Mario hatte für die Organisation der Reise zu sorgen, aber sonst war er selbstverständlich sein eigener Herr. Auch über ihr Geld ließ sie ihn frei verfügen. Sie hatte ihm die Begleichung der Unkosten übertragen und war überzeugt, daß er ihr Vertrauen nicht mißbrauchen würde. Alle paar Tage stellte sie einen Reisescheck aus. Er ging großzügig, aber anmutig mit ihrem Geld um. Mit einer Geste, die sie nun schon kannte, hielt er ihr jedesmal die Hand wie eine Opferschale hin, und sie füllte sie.)

P. rief ihren Mann an; seit Tagen hatte sie es nicht mehr getan. Er meldete sich nicht; vielleicht schlief er bereits.

Am nächsten Morgen wartete Mario nicht im Frühstücksraum auf sie. Sie hatte an der Rezeption auch nicht nachgeschaut, ob sein Zimmerschlüssel noch am Haken hing. Da sie sich inzwischen daran gewöhnt hatte, von ihm umsorgt zu werden, vermißte sie ihn. Er pflegte ihr vom Frühstücksbüfett zu holen, was sie gerne mochte, ein Glas Fruchtsaft, Quark oder Joghurt. Diesmal mußte sie sich selbst versorgen. Sie trank Kaffee, aß ein Brötchen. Sie hatte sich mit dem Rücken zur Tür gesetzt und blätterte uninteressiert in der Lokalzeitung. So sah sie nicht, wie er eintrat. Sie bemerkte seine Anwesenheit erst, als er leicht die Hände auf ihre Schultern legte, sich zu ihr herunterbeugte, sein Kinn in ihren Haaren rieb und leise sagte: »Pardon!«

Er bestellte Kamillentee und ließ sich eine Scheibe getoastetes Weißbrot bringen.

Gemäß ihrer Vereinbarung fragte sie nicht, wo er gewesen war.

»Das Auto steht auf dem Parkplatz«, sagte er.

»Alles in Ordnung?« fragte P.

»Am Auto ja«, antwortete er. Was er dann hinzufügte, verstand sie nicht genau, weil auf der Straße gerade ein Lastwagen vorüberfuhr, hörte aber das Wort ›malheur‹

heraus. Es fiel ihr plötzlich auf, daß im Französischen auch das Unglück, ebenso wie das Glück – bonne heure –, seine Stunde hat. Begrenztes Glück. Begrenztes Unglück. Das Wort war ihr interessanter als seine Bedeutung. Sie vergaß, daß sie Mario nach der Ursache seines veränderten Wesens fragen wollte. Erst Tage später erinnerte sie sich an diese Stunde, in der Mario ihr mit übernächtigtem Gesicht und glanzlosem Haar schweigend gegenübergesessen hatte, Toast aß, Kamillentee trank, ihrem Blick begegnete und lachte, ohne zu lachen.

»Schlimm ist –!« sagte er.

14

Der letzte Tag ihrer gemeinsamen Reise.

Am Vormittag hatte P. in einer Schule zu lesen, nachmittags in einem Seniorenheim, der Abend war frei, sie wollte ihn, wie verabredet, mit Mario verbringen.

In der Aula der Schule drängten sich lärmend hundert Halbwüchsige. Zehn Minuten vergingen, bis sie sich so weit ruhig verhielten, daß die Lesung beginnen konnte. P. sah sich die Jungen und die Mädchen gründlich an, vor allem jene, bei denen man das Geschlecht nicht auf den ersten Blick unterscheiden konnte. Sie schlug das Buch auf und fing an zu lesen. Kaum hatte sie den ersten Satz beendet, klatschten die Schüler Beifall und riefen begeistert ›Bravo‹. Eine Zeitlang hielten sie es nach jedem Satz so. P. zwang sich zur Ruhe, las, scheinbar unbeeindruckt, weiter, bis den Schülern ihr eigenes Verhalten langweilig wurde.

In der ersten Reihe saß ein Junge mit einem sehr wachen Gesicht, der sie an Mario erinnerte. Er hörte ihr aufmerksam zu. Als sie nach der Veranstaltung noch einige Sätze mit dem Rektor der Schule sprach, machte er sie auf diesen Schüler aufmerksam.

»Ein Star. Man hat Mühe, es ihn nicht ständig spüren zu lassen. Er spielt die Querflöte. Heute abend geben wir hier ein Schülerkonzert. Ob Sie es glauben oder nicht, er hat mich gefragt, ob er in einem langen Rock auftreten dürfe. Mädchen trügen ja auch Hosen, warum sollte er dann keinen Rock tragen, das sei viel bequemer.«

Die Kraftprobe mit den Schülern hatte P. angestrengt, so daß sie bereits abgespannt war, als sie am Nachmittag den Vortragssaal des Seniorenheims betrat. Der Saal schien halbleer zu sein; der Heimleiter war jedoch sehr zufrieden und sprach, im Gegensatz zu P., von einem ›halbvollen‹ Saal; für eine derartige Veranstaltung, meinte er, ein sehr schönes Ergebnis. Er unterrichtete sie davon, daß die Schwerhörigen in der ersten Reihe säßen, obwohl die Schwerhörigenanlage weiter hinten, in den mittleren Sitzreihen, eingebaut sei, aber bei ihrer Starrköpfigkeit wollten sie alle ganz vorn sitzen. Er bat sie deshalb, recht laut zu lesen, möglichst etwas Heiteres, das käme bei den alten Leuten am besten an, nichts über Krankheit, Alter, Tod.

P. wählte also eine heitere Geschichte aus, die aber weder die Zuhörer noch sie selbst erheiterte. Wenn sie von ihrem Buch hochblickte, sah sie die Rollstühle zwischen den Sitzreihen und die weißen Blindenstöcke, die gegen die Stühle gelehnt waren. Auch geriet ihr jedesmal eine uralte Frau in den Blick, die sich rhythmisch in ihrem Stuhl vor- und zurückfallen ließ. Als die kurze Geschichte zu Ende war, machte P. eine Pause, die Frau stemmte sich hoch, stand schwankend vor ihr und sagte mit lauter, geborstener Stimme: »Ich kann jetzt aber nichts mehr hören!« Eine Altenhelferin nahm sie beim Arm und führte sie aus dem Saal.

P. las weiter, las sich durch ihr Programm, fühlte sich niedergeschlagen, spürte, daß kein Wort ankam. Ihr Bedürfnis, diesen Ort unverzüglich zu verlassen, wurde von Minute zu Minute stärker. Sie klappte das Buch zu und lächelte mühsam; Mario, der weit hinten gesessen hatte, kam nach vorn.

»Du willst nach Hause?« fragte er leise.

»Ich bin hier noch nicht fertig. Fahr ins Hotel, ich nehme mir ein Taxi«, sagte P.

»Du bist mich leid?«

»Müssen wir das an dieser Stelle, in diesem Augenblick erörtern?«

Der Heimleiter trat hinzu und wies darauf hin, daß die Kaffeetafel nebenan auf sie warte. Übrigens sei die Lesung auf die Pflegestation übertragen worden, flüsterte er P. zu. Er bat sie um etwas Geduld, einige Heiminsassen müßten erst noch zu ihren Plätzen geführt werden. P. lächelte krampfhaft und zeigte Verständnis. Erschöpft lehnte sie sich mit dem Rücken gegen die Wand und suchte mit den Händen Halt.

Mario redete auf sie ein.

»Gib doch deine Wohlerzogenheit endlich einmal auf! Mach Schluß! Du bist völlig am Ende!«

»Ich habe zugesagt, an der Kaffeetafel teilzunehmen.«

»Sehr brav!«

»Ihr Fräulein Tochter kann gern mit uns Kaffee trinken«, sagte der Heimleiter.

P. lehnte den Vorschlag dankend ab und gab Mario zu verstehen, daß sie allein sein wolle.

Er hielt sie an beiden Armen fest.

»Du zitterst! Sehen wir uns heute abend? Ich lade dich ein.«

»Laß mich los! Ich ertrage es nicht, wenn man mich einengt!«

Mario nahm seine Hände von ihren Armen.

»Entschuldige, bitte!«

P. lächelte mühsam.

»Es hätte mich gewundert, wenn du dich nicht wieder entschuldigt hättest. Tschau«, sagte er und drehte sich um.

Mit dem Heimleiter, der abwartend in der Nähe gestanden hatte, ging sie dann in das Frühstückszimmer. Sie bekam einen Ehrenplatz an der Kaffeetafel zugewiesen, trank koffeinfreien Kaffee, aß ein Stück Käsekuchen und unterhielt sich nach beiden Seiten. Ein alter Herr stellte sich ihr vor und erkundigte sich nach ihrem Namen; sie nannte ihn mit freundlicher Stimme, leerte die Tasse, legte die Kuchengabel hin, entschuldigte sich, daß sie gehen müsse, daß sie leider keine Zeit mehr habe. Der alte Herr sagte mit strenger Stimme: »Keiner, der hierher kommt, hat Zeit!«

»Sie haben recht. Unterhalten wir uns noch ein wenig.«

In diesem Augenblick kam jemand von hinten auf sie zu, eine knochige Hand faßte nach ihrem Nacken. P. duckte sich. »Claudia! Claudia!« Es war die Uralte, die man aus dem Vortragssaal geführt hatte. Der alte Herr sagte, ohne die Stimme zu dämpfen: »Sie hält alle Frauen für ihre Tochter.«

P. stand auf, die Frau starrte ihr in die Augen, strich ihr mit harter Hand mehrmals übers Gesicht und sagte immer wieder: »Claudia! Claudia!«

P. verlor die Fassung, hatte nur noch den Drang wegzukommen, fand aber den Ausgang nicht. Eine der Altenpflegerinnen führte sie in die Eingangshalle. Der Heimleiter brachte ihr ihre Tasche. Sie entschuldigte sich.

»Wir haben das täglich«, sagte er vorwurfsvoll und sah sie eindringlich aus seinen abgehärteten Augen an. P. verstand seine unausgesprochene Warnung: Sie kommen auch noch hierher, warten Sie nur. Sie sagte: »Bestellen Sie mir bitte ein Taxi!«

Im Hotelzimmer setzte sie sich auf den Bettrand und versuchte mehrfach, ihren Mann anzurufen, erreichte ihn aber nicht. Wo war er? Sie hatte mehrere Tage nicht zu Hause angerufen, wußte also nicht, was er während ihrer Abwesenheit tat. Der Kontakt schien plötzlich gestört zu sein.

Sie nahm ein heißes Bad, holte sich aus der Minibar Gin und Tonic, trank, am Fenster stehend, sah in die kahlen, nassen Zweige alter Bäume und blickte in die erleuchteten Hotelzimmer des Seitenbaus. Das warme Bad hatte sie entspannt; der Alkohol tat ein übriges. Sie ließ sich Zeit beim Umkleiden und beim Herrichten ihres Gesichts; eingehend betrachtete sie sich bei dem unbarmherzigen Neonlicht im Spiegel und gab sich noch ein paar Ratschläge, im Sinne von: »Man muß wissen, wann eine Sach' zu Ende ist, Marschallin!«, verließ ihr Zimmer, ging zu Fuß in die Hotelhalle hinunter und blickte sich um, da sie annahm, Mario würde dort auf sie warten. Er hatte zum Abendessen eingeladen. Woher er plötzlich über Geld verfügte, wußte sie nicht; sie hatten am Vormittag bereits die Reisekosten abgerechnet.

Sie sah ihn nirgends.

Der Portier wurde aufmerksam und sagte: »Tisch vier.«

Das Restaurant war gut besucht, alle Tische schienen besetzt zu sein. Trotz des gedämpften Lichts erkannte sie Amend sofort. Kleid und Schmuck und Make-up. Nicht mehr Mario, sondern Marion, die ihr entgegensah und nicht aufstand wie sonst.

P. zwang sich zu einem Lächeln und nahm Platz.

»Also gut. Spielen wir das Spiel weiter.«

»Das Spiel ist aus. ›Sela, Psalmenende‹, das zitieren Sie doch oft.« Mit der Männerrolle hatte Amend auch das ›du‹ abgelegt. Als Marion ihr die Speisekarte reichte, sah P., daß sie nicht so gefaßt war, wie sie sich gab; ihre Hand bebte. P. griff danach, was sie nur selten getan hatte, und fragte: »Was ist los?«

»Später«, sagte Marion. »Jetzt wollen wir essen. So hat es angefangen: Wir sind zusammen in den Speisewagen gegangen. Ich liefere Ihnen den Schluß. Sie haben doch eine Vorliebe für Pointen. Jetzt machen Sie wieder Ihr Herr-dein-Wille-geschehe-Gesicht!«

»Warum spottest du?«

»Ich spotte nicht.«

Der Kellner trat an ihren Tisch. »Haben die Damen schon gewählt?«

Das Restaurant veranstaltete eine französische Woche. Der Kellner machte darauf aufmerksam, daß es seit dem Vortag ›Beaujolais primeur‹ gäbe. Er notierte die Bestellungen und entfernte sich. P. betrachtete Marion prüfend. Es lag nicht am Kleid, nicht am Nagellack, nicht am Make-up; es war einfach nicht mehr Mario, der ihr gegenübersaß. Diese Person hatte sie in ihr Rollenspiel einbezogen, mehr als sie es hätte zulassen dürfen.

Sie aßen, lobten die Suppe, den Salat; zwischendurch schwiegen sie. Als die Teller abgeräumt waren, legte Amend so nachdrücklich die Serviette beiseite, daß P. es ebenfalls tat. Sie blickten sich an.

»Ich bin schwanger«, sagte Mario-Marion.

Je mehr P. vom ›Beaujolais primeur‹ trank, desto nüchterner wurde sie. Vor ihr saß eine nicht mehr ganz junge Frau, von der man nicht einmal hätte sagen können, daß sie wirklich ›schön‹ sei. In absehbarer Zeit würde sie ein Kind bekommen, vermutlich würde sie heiraten und ihrer kleingeblümten Mutter von Jahr zu Jahr ähnlicher werden. Alle Probleme der Nur-Hausfrauen oder der berufstätigen Mütter warteten bereits auf sie; P. kannte die Probleme hinreichend. Sie sah ihre Zuneigung schwinden, ebenso wie ihr Interesse. Man konnte diese Person abschreiben. Sie fragte nicht: Seit wann sind Sie schwanger? Wer ist der Vater? Werden Sie ihn heiraten? Redete sie, auch in Gedanken, jetzt mit ›Sie‹ an. Entgegen ihren Empfindungen, aber gemäß ihrer Wohlerzogenheit, sagte sie: »Wenn Sie meine Hilfe –«

Marion ließ sie nicht ausreden, beugte sich rasch über den Tisch und legte ihr den Zeigefinger auf den Mund, und zu ihrer eigenen Überraschung küßte P. den Finger.

P. wollte mit der Bahn nach Hause fahren; Amend würde das Auto nach Stuttgart zurückbringen, so war es vereinbart. Sie standen sich schweigend im Fahrstuhl gegenüber. Marion begleitete P. bis zu deren Zimmertür. Die eine sagte: »Bis morgen also!«, die andere: »In aeternum!«

»Amen!« sagte P., plötzlich fassungslos. Sie schloß ihre Tür auf und flüchtete. Abschiede hatte sie nie gekonnt, und dies war der Abschied, davon war sie überzeugt und auch entschlossen, ihn nicht auszudehnen. Am nächsten Morgen würde sie vermutlich noch einmal einen Zettel in ihrem Schlüsselfach vorfinden.

Sie lag im Bett, hatte die Nachttischlampe bereits ausgeschaltet; der Vorhang war nur zur Hälfte geschlossen, da sie völlige Dunkelheit nicht ertrug, erst recht nicht in einem fremden Raum. Sie starrte zur Decke, gedankenlos, es war alles gedacht und weitgehend auch aufgeschrieben. Es klopfte kurz an ihre Zimmertür, gleich darauf wurde die Klinke mit leichter Hand heruntergedrückt. Bevor sie erschrecken konnte, erkannte sie die Umrisse Marions.

»Immer vergessen Sie abzuschließen! Immer erwarten Sie etwas!«

Sie trat an P.s Bett. »Darf ich?« fragte sie, wartete aber wieder die Antwort nicht ab, sondern legte sich neben sie.

»Sind Sie gern eine Frau?« fragte sie.

»Ja!« Ohne Einschränkung gesagt.

»Aber Sie sind eine Frau, die Männer liebt.«

»Das eine sein und das andere lieben. Die beiden Hälften, die sich suchen.«

»Sie haben mich nur als Mario geliebt.«

»Nein!« P. widersprach, wiederholte heftig: »Nein! Es war mir nicht wichtig. Mario-Marion – am Ende –, ich liebte dich als etwas Drittes, als eine Erfindung der Natur –« Sie suchte nach Worten.

»Als deine Erfindung«, verbesserte Amend. »Du hast

mich neu entworfen, nach deinem Bilde. Schlimm war –«

»Schön war –« verbesserte P., nahm Platon zu Hilfe und fügte hinzu: »Das Ziel der Liebe ist die Unsterblichkeit. Du willst sie auf die alte Weise durch ein Kind erreichen, aber ich wähnte, es gäbe auch einen seelischen Fortpflanzungstrieb, ich glaubte an die Erfindungen des Geistes, die Erzeugung des Schönen –« Wieder brach sie ab.

Nach einer Weile des Schweigens sagte Amend: »Sunt lacrimae rerum –«

P. zweifelte, ob sie richtig gehört hatte oder ob sie für Sekunden eingeschlafen war, dann fragte sie: »Woher kennst du das?«

»Irgendwoher. Immer willst du wissen, woher. Und ich weiß nicht einmal, wohin.«

»Ich habe dir keine Antworten versprochen. Wer schreibt –«

»Stellt alte Fragen neu! Damit redet ihr euch heraus. Du schreibst. Ich lebe. Von nun an habe ich keine Wahl mehr.« Sie lehnte ihren Kopf an P.s Kopf, und die – in ihrer Berührungsangst – sprang auf, stand bebend neben dem Bett. Sie schloß dieses sanfte, ratlose Geschöpf nicht in die Arme, sondern schickte es fort. »Geh! – Geh doch! – Geh fort!«

Als sie am nächsten Morgen ihren Mann anrief, um ihm zu sagen, mit welchem Zug sie eintreffen würde, unterbrach er sie sofort: »Was hast du? Was ist mit dir los?«

»Mario« – wieder ließ sie das ›n‹ weg – »ist schwanger.«

»Trifft dich das?«

»Ja.«

»Komm nach Hause!«

»Danke!«

»Wofür bedankst du dich?«

»Daß du nicht lachst.«

Sie ging zum Frühstück, saß allein am Tisch, holte sich selbst die Morgenzeitung, beglich dann die Hotelrechnung und bestellte ein Taxi. In ihrem Schlüsselfach hatte keine Nachricht für sie gelegen. Sie fand ein Abteil, in dem sie für sich sein konnte. Sie hatte sich vorgenommen, unterwegs noch einige Erfahrungen, die sie mit dieser monoklinen Person gemacht hatte, zu Papier zu bringen. Sie sah auf ihre Uhr, in wenigen Minuten würde der Zug sich in Bewegung setzen. Sie hatte ihre Lesebrille bereits aufgesetzt, sah daher nur verschwommen, daß eine Gestalt vor dem Abteilfenster stehengeblieben war. Sie nahm die Brille ab: Mario, getarnt in seine schäbige Nato-Jacke, die Hände in den Taschen. P. öffnete das Abteilfenster und beugte sich hinaus. Sie hätte gern noch einmal dieses freimütige Lachen gesehen, aber Amend blieb auch in der Mario-Rolle ernst. Er zog unvermutet die rechte Hand aus der Tasche und fragte: »Knobeln wir?«

Instinktiv ballte P. die Hand wieder zum Stein und streckte sie Mario entgegen, der ihr seine flache Hand hinhielt, dann ihre Hand mit seiner Hand umschloß und sagte: »Papier wickelt Stein ein! Weißt du das nicht mehr?« Mit der linken Hand griff er in eine der Innentaschen seiner Jacke, zog einen Stoß handbeschriebener Blätter heraus und reichte sie ihr.

»Aus der Nähe besehen –« sagte er, las sie.

Bestürzt sagte P.: »Aber wir hatten vereinbart –«

Und dann lachte dieses fremde, vertraute Geschöpf doch noch, und wieder meinte sie, weit in es hineinsehen zu können.

Aus dem Lautsprecher ertönte die Durchsage: »Zurückbleiben!« Der Zug setzte sich in Bewegung, Mario schob die Hände in die Taschen, winkte ihr nicht nach, hatte das Nachsehen.

Christine Brückner

Ehe die Spuren verwehen
Ullstein Buch 22436

Ein Frühling im Tessin
Ullstein Buch 22557

Die Zeit danach
Ullstein Buch 22631

Letztes Jahr auf Ischia
Ullstein Buch 22734

Die Zeit der Leoniden (Der Kokon)
Ullstein Buch 22887

Wie Sommer und Winter
Ullstein Buch 22826

Das glückliche Buch der a. p.
Ullstein Buch 22835

Die Mädchen aus meiner Klasse
Ullstein Buch 22569

Überlebensgeschichten
Ullstein Buch 22463

Jauche und Levkojen
Ullstein Buch 20077

Nirgendwo ist Poenichen
Ullstein Buch 20181

Das eine sein, das andere lieben
Ullstein Buch 20379

Mein schwarzes Sofa
Ullstein Buch 20500

Lachen, um nicht zu weinen
Ullstein Buch 20563

Wenn du geredet hättest, Desdemona
Ullstein Buch 20623

Die Quints
Ullstein Buch 20951

Hat der Mensch Wurzeln?
Ullstein Buch 20979

Kleine Spiele für große Leute
Ullstein Buch 22334

Alexander der Kleine
Ullstein Buch 22406

Die letzte Strophe
Ullstein Buch 22635

Was ist schon ein Jahr
Ullstein Buch 40029